SASUKE
RETSU
DEN

SASUKE RETSUDEN

Wir produzieren nachhaltig

- Klimaneutrales Produkt
- Papiere aus nachhaltigen und kontrollierten Quellen
- Hergestellt in Europa

CARLSEN MANGA! NEWS
Jeden Monat neu per E-Mail
www.carlsenmanga.de

CARLSEN MANGA
Deutsche Ausgabe / German Edition

Aus dem Japanischen von Miyuki Tsuji

First published in Japan in 2019 by SHUEISHA Inc., Tokyo.
German translation rights in Germany, Austria, Luxembourg and German-speaking Switzerland arranged by SHUEISHA Inc. through VME PLB SAS, France.

Lektorat: Anne Berling
Textbearbeitung: Ina Schiele
Satz: Ronny Willisch, Hamburg
Herstellung: Gunta Lauck

ISBN 978-3-551-72728-2

MASASHI KISHIMOTO
JUN ESAKA

SASUKE RETSUDEN

HERR UND FRAU UCHIHA UND DER STERNENHIMMEL

NIPPON NOVEL

CHARAKTERE

人物紹介

Ein Ninja mit Sharingan – dem Bluterbe, welches ihm von seinem Clan hinterlassen wurde. Früher kämpfte er in der Gruppe Sieben unter der Leitung von Kakashi. Er ist Sakuras Ehemann.

SASUKE UCHIHA

SAKURA UCHIHA

Meisterin der medizinischen Ninjutsu. Früher kämpfte sie in der Gruppe Sieben unter der Leitung von Kakashi. Sie ist Sasukes Ehefrau.

ZANSURU

Der Leiter des Instituts für Astronomie. Er arbeitet im Auftrag des Premierministers des Landes Redaku.

MENOU

Eine Riesenechse, die die Häftlinge im Institut für Astronomie bewacht.

JIJI

Ein Zellengenosse Sasukes, der ebenso wie Sasuke auf der Baustelle am Institut für Astronomie arbeitet.

INHALT

目次

PROLOG

Der Häftling drückte seinen mageren Körper tief in das kalte Laken. Die dünne Decke wickelte er fest um sich, konnte aber nicht mit dem Zittern aufhören. Deutlich sah er seinen Atem.

Seit etwa einem halben Monat schlief er Nacht für Nacht auf dieser durchgelegenen, durch Schweiß und Dreck befleckten Matratze. Jede Nacht holte er sich neue blaue Flecken und fand kaum Schlaf. Er wünschte sich, wenigstens in einer Ecke ohne Zugluft liegen zu können.

Verbittert öffnete er seine müden Augen und starrte in die dunkle Zelle.

In dem kleinen Raum von etwa zehn Quadratmetern schliefen zusammengepfercht vier Erwachsene. Die Rangordnung unter ihnen hing davon ab, wie lange man schon hinter Gittern saß. Es war selbstverständlich, dass er, der Neuankömmling, am kältesten Platz schlafen musste. Er konnte nichts dagegen einwenden.

Er drehte sich und musste stöhnen, der harte Boden bereitete ihm Schmerzen.

»Verdammt noch mal …«

Noch vor einem halben Monat hatte er in einem Gefängnis in der Hauptstadt des Landes Redaku gesessen. Dort waren die Lebensbedingungen einigermaßen erträglich gewesen. Dort hatte er auf jeden Fall sicherer und bequemer gelebt als hier – so sicher und bequem, dass er nach einer Entlassung sogar gerne wieder zurückgekehrt wäre, indem er irgendeine kleine Straftat begangen hätte.

Aber dann war er plötzlich verlegt worden. Alles, was er zuvor erfahren hatte, war, dass er in eine kalte Gegend zu Erdbauarbeiten geschickt werden sollte. Nur junge, gesunde Gefangene sollten verlegt werden, denn die Arbeit werde körperlich hart sein.

So landete er in dieser Einrichtung hoch oben im wilden Gebirge, die zur Beobachtung der Sterne gebaut worden war.

Das Tataru-Institut für Astronomie war ein historisches Forschungsinstitut, gegründet von dem Astronomen Janmaru Tataru, der Überlieferung zufolge ein Zeitgenosse von Rikudo Sen'nin. Aber die Geschichte des Instituts war dem Häftling herzlich egal. Er litt darunter, dass sich das Institut in dieser kalten Gegend befand, wo die Temperatur selbst im Frühjahr beständig unter null sank; er litt darunter, dass er von morgens bis abends fast pausenlos in der kalten Erde graben musste; für ihn waren das Essen, die Kleidung, die Unterkunft und alle Lebensbedingungen dort schlicht unmenschlich.

»Warum muss ich das alles erdulden …?«

Der Mann klapperte mit den Zähnen und umklammerte den Rand der Bettwäsche. Seine mit Erde beschmutzten Fingernägel bohrten sich in die Handflächen, die von der harten Arbeit rissig geworden waren.

Er war als Raubmörder verurteilt worden. Eines Tages, im Winter vor drei Jahren, war er aus Hunger in ein Haus eingebrochen, das ihm zufällig ins Auge gefallen war. Er hatte ein junges Ehepaar und zwei Kinder gefesselt, hatte alle möglichen Wertsachen zusammengeklaubt und war abgehauen. Zwei Tage lang hatte niemand das Geschehen bemerkt und die ganze Familie war erfroren, wie er hinterher erfahren hatte.

Nur deshalb bin ich zum vierfachen Mörder geworden. Aber das war nicht meine Absicht, das war ein Unfall. Nein, das war so etwas wie Notwehr, da ich nichts zu essen hatte. Ich musste stehlen! … Es ist unrecht, mich hier einzusperren!

Sein Herz war von Zorn erfüllt. Er war am Ende. Sein stumpfer Blick folgte der Maserung der Zimmerdecke, als er den Entschluss fasste: »Morgen früh fliehe ich.«

Das Leben der Inhaftierten dirigierte ein Gong. Sobald sein tiefer Ton erklang und die Aufstehzeit ankündigte, erhoben sich die müden Häftlinge wie Zombies. Standen sie nicht sofort auf, trieben die gnadenlosen Aufseher sie mit Stockschlägen an. Langsam und gähnend kamen die Häftlinge aus den Zellen, rieben sich den Schlaf mit Spucke aus den Augen oder kratzten an den unzähligen Ekzemen auf ihren Armen.

Es gab zwei Mahlzeiten, die beide aus zusammengekochtem, matschigem Gemüse mit Getreide bestanden; nicht einmal ein Schwein hätte dieses Essen gerne gefressen.

Der zur Flucht entschlossene Häftling stand in der Schlange zur Essenausgabe, atmete tief und versuchte, sich zu beruhigen.

Obschon sein Körper sich müde und schwer anfühlte, war er geistig hellwach und aufgeregt.

Ob ein Mithäftling sich in der Schlange vordrängelte und ihm auf den Fuß trat, ob der Häftling ganz dicht hinter ihm Schleim spuckte, all das störte ihn nicht.

Heute lasse ich das hinter mir. Ich hau ab.

Der Mann nahm das Essen entgegen und schaute sich in dem mit Häftlingen überfüllten Raum um. Er suchte jemanden. Jemanden, mit dem zusammen er fliehen konnte.

Klapprige Tische und Stühle aus groben Holzstämmen standen in dem als Speisesaal genutzten kärglichen Raum.

Derjenige, den der Mann im Auge hatte, saß wie immer am Fenster. Der Gefangene Nr. 487, Sasuke.

Erstaunlicher noch als der Name war das Aussehen dieses Häftlings: pechschwarzes Haar und pechschwarze Augen; ein markantes, aber feinzügiges Gesicht; im Profil eine Nase mit auffallend schöner Kontur, von vorn ein perfekt proportioniertes Gesicht – aus jedem Winkel betrachtet sah dieser Sasuke bildschön aus. Erblickte man ihn aus der Nähe, konnte man kaum glauben, dass dieser Mensch zur gleichen Spezies gehörte wie man selbst.

Trotz seiner außergewöhnlichen Schönheit war Häftling Nr. 487 schweigsam, ungesellig und schroff wie manch eine Katze. Aber gerade deshalb zog er umso mehr Aufmerksamkeit auf sich. Und er war so stark, dass niemand es wagte, ihm etwas anzutun.

Am Tag, als Sasuke dort eingetroffen war, versuchten ein paar Altgediente, ihn zu provozieren. Bereits nach wenigen Sekunden wanden sie sich mit verrenkten Gliedmaßen am Boden und Sasuke, auf die unter heftigen Schmerzen jammernden Männer herabschauend, warnte sie kurz und simpel: »Stört mich niemals.«

Die meisten Häftlinge gingen Sasuke nach diesem Ereignis aus dem Weg. Auch der zur Flucht entschlossene Häftling war da keine Ausnahme. Aber heute wagte er es, Sasuke anzusprechen.

Der Mann setzte sich Sasuke direkt gegenüber und öffnete den Mund: »Äh … Ähm …«

Er hatte sich seine eigene Stimme kräftiger und kämpferischer vorgestellt, sie klang jedoch zaghaft und ängstlich: »Ähm … Also … Sie sind auch Ni…Ninja, nicht wahr?«

Sasuke, der aus dem Fenster geschaut hatte, richtete seinen Blick auf den Mann.

»Was willst du?«

Pechschwarze Augen starrten den Mann scharf an. Es schauderte ihn.

»I…Ich bin auch ei…ein Ninja … Aus Kaze-no-Kuni … Aber ich konnte die Akademie nicht abschließen … und meine Eltern wollten nichts mehr von mir wissen … dann bin ich irgendwann in diesem Land gelandet … Aber Chakra kann ich immer noch schmieden. Sehen Sie …«

Der Mann zog die Spitze eines Essstäbchens mit Chakra an seine Fingerspitze, ließ es tanzen und warf Sasuke einen stolzen Blick zu. Dieser war aber nicht mehr an dem Mann interessiert und schaute wieder aus dem Fenster.

Er ignoriert mich …

Der Mann hielt ein Zungenschnalzen zurück und fixierte Sasuke mit düsterem Blick.

Du bist schließlich genauso wie ich in diesem abgelegenen

Land gelandet. Bestimmt bist du auch kein großartiger Ninja.

Weiterhin aus dem Fenster schauend, nahm Sasuke mit den Essstäbchen Bambussprösslinge, Farnsprossen und andere Gemüse gewandt vom verbeulten Blechteller und verspeiste sie geräuschlos. Es war nicht zu übersehen, dass er wohlerzogen war. Jedes Detail seines Benehmens betonte das. Auch damit stach Sasuke unter den Gefangenen hervor.

»W...Wollen wir das nicht zusam...men tun?«, presste der Mann mit Mühe hervor, als Sasuke das Essen beendet hatte. Nervös biss der Mann sich in die Zunge.

»Was meinst du?«

»Abhauen, von hier fliehen ... S...Sie können sicher Cha...Chakra steuern, oder? Also, w...wir könnten ... über die Mauer klettern ...«

Das Institut für Astronomie war auf allen vier Seiten von einer Steinmauer umgeben. Die Mauer war circa zehn Meter hoch und sah von unten riesig aus, wirkte letztendlich aber nicht unüberwindbar. Mit Chakra könnte man sie sicher erklimmen.

»Ich bin ... a...am Ende. S...Sie sind es auch, oder?«

Sasuke schaute den Mann ausdruckslos an: »Was weißt du von mir?«

»Ich weiß ... dass Sie kein gewöhnlicher Mensch sind.«

Langsam konnte der Mann sprechen, ohne zu stottern.

Er hatte keine Ahnung, warum ein Mensch wie Sasuke an diesem miserablen Ort gelandet war. Aber er konnte sich nicht vorstellen, dass jemand wie Sasuke gerne tagein, tagaus diese nichtswürdige Arbeit an diesem kargen Ort verrichtete.

»Hauen wir zusammen ab. G...Gleich gehen alle zur Arbeit ... Während sie aufbrechen, überqueren wir die Mauer!«

»Vergiss es. Auch wenn du es über die Mauer schaffst, dahinter ist nur Ödland. Bis zum nächsten Dorf musst du zwei Tage lang gehen. Das überlebst du nicht.«

»W...Wir finden sicher B...Berggemüse oder Beeren. Viel besseres Essen als hier ... Und ... schauen Sie doch mal ... Es ist neblig. Der Nebel verbirgt uns vor Menou ... nur heute!«

»Ich habe dich gewarnt«, sagte Sasuke knapp.

Für Sasuke war das Gespräch beendet. Er warf noch einmal einen Blick nach draußen, dann stand er auf, den leeren Teller in der Hand. Die Häftlinge, die sich im schmalen Durchgang unterhielten, gingen rasch zur Seite, als sie Sasuke bemerkten.

»Wollen Sie denn nicht ... weg von hier?!«

Der Mann lief Sasuke rasch hinterher und griff nach dessen Arm. Sasuke löste den Griff ganz ruhig.

»Tut mir leid, aber ich bin freiwillig hier.«

»… Hä?«

Freiwillig? Er ist freiwillig hier?

Der Mann war sprachlos. Sasuke verließ den Speiseraum.

Als Sasuke nicht mehr zu sehen war, trat der Mann heftig gegen ein Tischbein.

Er macht sich über mich lustig! Na gut, du kannst an diesem beschissenen Ort so lange bleiben, wie du willst! Ich werde frei sein!

Der Mann verschlang das Frühstück, das auf seinem Teller zu einem Klumpen geworden war, und verließ stampfend den Speiseraum. Vorbei an den anderen Gefangenen, die auf dem Boden saßen und redeten, ging er nach draußen und schaute die hintere Mauer hinauf.

Bis zum Arbeitsbeginn habe ich noch Zeit. Es ist sehr unwahrscheinlich, dass die Aufseher nach draußen kommen.

Niemand überwachte die Mauer. Anders als in einem Gefängnis üblich, überwachten die Aufseher hier nur die Baustellen. Sie gingen davon aus, dass niemand diese mehr als zehn Meter hohe Steinmauer ohne Hilfsmittel würde überwinden können.

Tut mir leid, aber ich kann klettern.

Der Mann berührte vorsichtig mit seiner Handfläche die glatte Steinmauer. Er erinnerte sich an den Unterricht, den er in seiner Kindheit genommen hatte, schmiedete das Chakra und sammelte es in seiner Handfläche.

Er spürte, wie seine Haut an der Oberfläche der Steine festsaß, und begann, sich wie ein Frosch die Mauer hinaufzubewegen.

In der Ferne hörte der kletternde Mann undeutlich die anderen Gefangenen. Ein paar Minuten waren vergangen, und nur wenige waren in dieser Zeit nach draußen gekommen. Der Leiter und die Aufseher mussten noch im Hauptgebäude frühstücken.

In Ordnung. Ich schaffe das. Ich klettere nach oben, bevor sie mich finden – wenn nur Menou nicht auftaucht.

Er fühlte sich viel leichter. Er war nicht erschöpft, obwohl er schon die Hälfte der Mauer geschafft hatte. Er fühlte sich, als könnte er noch Stunden weiterklettern.

Plötzlich hörte er Kies knirschen und schaute hinunter zum Boden.

Zwei gelbe Augen starrten ihn an. Ein Schauder ergriff ihn.

»Urgh!«

Menou hat mich entdeckt ... Das ist schlimm, das ist schlimm, das ist schlimm! Ich muss schnell weg!!

Der Mann wurde panisch und verlor die Kontrolle über sein Chakra. Seine Hände rutschten von der Mauer ab, er stürzte in freiem Fall.

Ich pralle auf den Boden, dachte er, doch statt eines Aufpralls spürte er brennende Schmerzen an der Seite.

Sein Blutdruck fiel rapide und mit trübe werdendem Bewusstsein sah er Menou in die Augen – das übergroße Echsentier hatte ihn geschnappt und sich tief in seiner Seite festgebissen.

KAPITEL 1

Menou landete geräuschlos, mit den Fangzähnen hielt das Tier den Mann fest gepackt. Nach einer Weile öffnete es sein Maul und ließ den Mann fallen.

»Urgh!«

Der Mann wollte fliehen, aber Menou trat auf ihn, wälzte ihn herum, schlug die Klauen in sein Schulterblatt und schleppte ihn mit sich. Als das Echsentier mit seiner Beute den Innenhof erreicht hatte, hielt es endlich an, riss sein tiefrotes Maul auf und schnappte nach der rechten Schulter des Mannes.

»Uaaargh!!«

Der Mann schrie und bäumte sich auf. Sein Fleisch wurde aufgerissen und Blut tropfte aus seinen Wunden. Rasch bildete sich eine rote Lache. Das Tier wendete den Körper des Mannes, biss in dessen Gesäß und zog Fleischfasern heraus. Der Mann, dessen Kopf weiter von Menous Tatze herabgedrückt wurde, schrie mit dem Mund voller Kies.

Langsam verschlang Menou sein Opfer mitten im

Innenhof auf. Es war die perfekte Abschreckung – jeder Häftling konnte mit eigenen Augen sehen, wie ein Fluchtversuch enden würde.

»Uah ... Eklig ...«

»Er lebt noch ... Wie grausam ...«

Die Gefangenen mit ihren Spitzhacken auf den Schultern beobachteten das bestialische Schauspiel und zogen ihre Augenbrauen zusammen. Menou riß noch eine Weile das Fleisch, dann hörte man das Schmatzen, mit dem er die inneren Organe fraß. Damit hörte das Ächzen auf.

»So, Schluss mit Gaffen und zurück an eure Arbeit.«

Die tiefe Stimme schüchterte die Gefangenen sofort ein. Ein magerer Mann mit einer Silberrandbrille trat langsam aus dem Gebäude: der Leiter des Tataru-Instituts für Astronomie, Zansuru. Er war der mächtigste Mann an diesem Ort und Menous Halter.

»Bewegt euch, aber zügig. Sonst bekommt Menou euch zum Nachtisch«, sagte Zansuru leichthin. Obgleich die Häftlinge wussten, dass er scherzte, wurden sie totenblass und eilten an die Arbeit. Sasuke tauchte zwischen den anderen Gefangenen unter und beobachtete Menou heimlich.

Menou bewegte geschickt seinen Oberkörper und steckte seinen Kopf in den weit aufgerissenen Bauch seines Opfers, mit seinem langen Schwanz wedelte das

Tier dabei. Sein mit harten Schuppen bedecktes Gesicht war blutverschmiert und seine gelben Augen glänzten.

Menou war Zansurus fleischfressendes treues Wachtier. Eine echsenartige Kreatur, die auf zwei Beinen lief und dicke Hornschuppen, zapfenförmige Zähne und scharfe Krallen hatte. Wenn Menou aufrecht stand, war er etwa achtzig Zentimeter hoch, aber von der Spitze seines Kopfes bis zur Spitze seines Schwanzes betrug seine Körperlänge wohl nicht weniger als zwei Meter. Erschreckend war die Stärke seiner Beine. Mit den direkt unter dem Rumpf ansetzenden Beinen konnte Menou ungeheuer gut springen. Mit einem einzigen Sprung konnte er sich weit über zehn Meter fortbewegen.

Anders als in anderen Gefängnissen wachten im Institut für Astronomie nicht die ganze Zeit Gefängniswärter über die Inhaftierten. Auch die Zellen der Häftlinge und die Eingänge der einzelnen Gebäude waren nicht mit Schlössern versehen. Trotzdem hielten die Häftlinge sich gehorsam an die Regeln – wegen Menou.

Menou folgte Zansuru aufs Wort. Er war darauf abgerichtet, das Gelände streng zu überwachen und Regelbrecher aufzufressen. Fluchtversuche gab es deswegen kaum.

Die Arbeit der Gefangenen am Institut für Astronomie bestand vorwiegend darin, die Erde umzugraben. Schicht um Schicht trugen sie mit ihren Feldhacken den halb gefrorenen Boden ab. Stießen sie auf große Steine oder harte Klumpen, mussten sie sie sorgfältig ausgraben und beiseiteräumen. Es war eine bloße Wiederholung des Immergleichen.

Angeblich sollte ein Fundament für ein riesiges Teleskop angelegt werden, aber einem älteren Insassen zufolge zwang man die Inhaftierten schon seit fast einem Jahr zu dieser immer gleichen Arbeit.

»Haah, kalt ...«

Jiji, der ganz in der Nähe von Sasuke arbeitete, lehnte die Hacke gegen seinen Bauch und rieb heftig seine Handflächen gegeneinander.

Vormittags war es besonders kalt. Man konnte nicht einmal den aus der Nase laufenden Schnupfen hochziehen, weil alles Flüssige sogleich gefror.

»Sasuke, frierst du eigentlich nicht?«

»Doch.«

Sasuke antwortete ehrlich. Er rieb den Hackengriff gegen seine Handfläche und wärmte sich etwas an der Reibung. Er war an Dienst unter harten Bedingungen zwar gewöhnt, aber auch ihm war kalt.

»Haah, ich hab keine Lust! Warum haben sie das Institut in so einer kalten Gegend gebaut? In Nagare ist der

Schnee längst geschmolzen! Wenn ich weiter so leben muss, erfriere ich noch irgendwann! ... Aber ich würde lieber erfrieren und im Schlaf sterben, als gefressen zu werden wie der Typ heute Morgen!«

Jiji hörte nicht auf zu reden, vielleicht, weil die eintönige Arbeit ihn langweilte.

Jiji war ein Insasse aus derselben Zelle wie Sasuke. Er hatte gestohlen, da er nichts zu essen gehabt hatte, und war zu mindestens sechs Monaten verurteilt worden. Da er ungefähr gleich alt und gleich groß wie Sasuke war, mussten sie oft zusammen arbeiten.

Jiji, dessen Nase ganz gerötet war, rieb immer wieder seine Fingerspitzen aneinander, doch dann schrie er plötzlich auf und begutachtete seine Hand: »Auweh, die Blase ist geplatzt ...! Aber gut, ich kann wieder zur Ärztin gehen!«

»Gibt es hier eine Ärztin?«

»Wusstest du das nicht? Es ist eine neue Ärztin gekommen. Sie ist hübsch und nett. Alle mögen sie!«

Jiji fügte grinsend hinzu: »Und sie ist ledig. Hat auch keinen Freund.«

»Woher weißt du, dass sie ledig ist?«, fragte Sasuke.

»Sie trägt doch keinen Ring.«

Ring?

Jiji sah, dass Sasuke ihn offensichtlich nicht verstanden hatte.

»Ach so!«, sagte Jiji verständnisvoll und erklärte es Sasuke: »Du kommst aus einem fremden Land, oder? Das ist eine Tradition im Land Redaku. Frau und Mann schenken sich gegenseitig einen Ring, wenn sie heiraten. Wenn jemand einen Ring am linken Ringfinger trägt, heißt das, dass er verheiratet ist. Und die Ärztin trägt keinen Ring! ... Ups, ein Wärter!«

Ein Wärter näherte sich, und Jiji hörte auf zu reden. Er nahm wieder die Hacke mit der schartigen Spitze in die Hände und schlug die Erde auf, als ob er die ganze Zeit fleißig gearbeitet hätte.

Der Wärter, der den Schlagstock demonstrativ in den Händen hielt, starrte Jiji an. Aber mit Sasuke suchte er keinen Blickkontakt. Er hatte Angst.

Als der Wärter außer Sichtweite war, warf Jiji sofort seine Hacke beiseite und seufzte sehr tief ein. Sein Atem dampfte.

»Haah, ich bin müde und es ist kalt! Kaum auszuhalten!«

Das stimmt ... Sasuke stöhnte kurz und schaute sich um.

Das Tataru-Institut für Astronomie lag auf der Spitze einer kahlen Bergkette. Heute war es ein streng eingemauerter Steinkerker auf einer Höhe von fünftausend Metern, doch einst hatte sich hier Rikudo Sen'nin aufgehalten.

Alle möglichen Zeugnisse zum Aufenthalt von Rikudo Sen'nin im Tataru-Institut für Astronomie zu sammeln, das war der Auftrag, den Sasuke hatte.

Naruto litt unter einer Krankheit. Und das Einzige, was Sasuke für Naruto tun konnte, war es, alle Zeugnisse von Rikudo Sen'nin zu sammeln, die an diesem von Hino-Kuni weit entfernten Ort noch zu finden waren.

Sasuke war frustriert, weil er sonst nichts tun konnte. Naruto ging mit jedem Tag, der verging, schlechter ...

»Was ist? Du siehst verstimmt aus.«

Jijis Stimme riss Sasuke aus seinen Gedanken. Er blickte wieder zu seinem Zellengenossen, der ihn mit zusammengekniffenen Augen hinter lang ins Gesicht gewachsenen Haaren fragend anstarrte.

»Nein, nichts«, antwortete Sasuke.

»Wirklich? Du sahst eben verdammt ernst aus.«

»Mach dir keine Gedanken.«

Sasuke tat, als wäre nichts, und griff geschickt mit einem Arm wieder zur Hacke.

Nach dem Abendessen kehrte Sasuke zu seiner Zelle zurück. Während er die Gittertür öffnete, ertönte ein schiefer Schrei.

»Äääääh!«

In der Mitte der Zelle lag ein zierlicher Mann auf dem Boden, einer seiner drei Zellengenossen, Penjira. Ihm gegenüber saß Jiji im Schneidersitz. Zwischen ihnen lagen eine Teeschale und drei Würfel.

»Du hast verdammt noch mal einen Pasch gewürfelt, Jiji!«

»Tut mir leid, ich nehme die Zigarette!«, grinste Jiji und griff nach der Zigarette auf dem Boden. Offensichtlich spielten sie Chinchirorin.

Viele Häftlinge widmeten sich mit Leidenschaft den verschiedensten Glücksspielen, das Leben in Haft bot auch kaum andere Möglichkeiten zum Zeitvertreib. Aber Penjira war schon lange vor seiner Haft spielsüchtig gewesen. Allerdings war er kein erfolgreicher Spieler. Er hatte im Glücksspiel immer wieder verloren und mehr und mehr Schulden gemacht. Um sie zurückzuzahlen, versuchte er sich wiederholt als Heiratsschwindler und wurde verhaftet. Seine Strafe betrug mindestens ein Jahr.

»Ach, Sasuke. Spielen wir zusammen Chinchirorin!«

Penjira, der Unverbesserliche, ließ die Würfel in der Teeschale klappern.

»Nein, danke.«

»Ach je, wie schade.«

Missmutig wendete Penjira seinen Blick in eine andere Ecke der Zelle.

»Ganno! Du spielst mit, oder? Hör auf mit dem Malen und komm her!«, sprach Penjira einen weiteren Zelleninsassen an.

Ganno, der in einer Ecke der Zelle wie ein brütender Vogel hockte, antwortete kurz angebunden und ohne sich zu Penjira umzudrehen: »Nicht jetzt.«

Ganno war Mitte sechzig und mit großem Abstand der Älteste in dieser Zelle. Seine schlaffe Nackenhaut war von roter Farbe verschmiert.

»Machst du immer noch weiter? Hast du das nicht langsam satt?«

»Stör mich nicht. Ich bin gerade beim entscheidenden Teil vor der Fertigstellung.«

Es war vor einem Monat gewesen, dass Ganno Taschen voll rotbrauner Steine von seiner Arbeitsstelle mitgebracht hatte. Er hatte gesagt, er habe etwas Gutes gefunden. Vom folgenden Tag an schlug Ganno jeden Morgen und jeden Abend diese Steine aneinander und pulverisierte sie, obschon seine Hände dabei wund wurden. Als er nach fünf Tagen alle Steine zermahlen hatte, kratzte er Haut von seinen Fußsohlen. Er bettelte dann bei den Kerlen vom Küchendienst darum, den Herd benutzen zu dürfen, und kochte jeden Morgen vor und nach dem Frühstück jeweils zwei Stunden lang diese Haut, insgesamt dreißig Stunden in zwei Wochen.

Alle, die sahen, wie Ganno seine blutigen Füße verbinden musste, hielten ihn für verrückt. Aber er selbst schien sehr glücklich zu sein.

Ein Extrakt aus zerkochter Haut, ein rotbraunes Pulver aus Steinen – an dem Tag, als Sasuke hierhergekommen war, hatte Ganno diese zwei Zutaten fertiggestellt. Mit dem Zusammenrühren der zwei Zutaten war Ganno so beschäftigt gewesen, dass er den Neuankömmling kaum bemerkt hatte. Sasuke hatte beobachtet, wie der Mann diese geheimnisvolle Arbeit ganz versunken ausführte. Und was Sasuke sah, hatte ihm den Atem geraubt. Das glanzlose Pulver war mit dem Extrakt zusammen auf einmal klebrig geworden und hatte Glanz angenommen. Als Ganno ein paar Minuten lang weiter gerührt hatte, war eine Malfarbe von strahlendem Karminrot entstanden, eine Farbe wie rote Pflaumenblüten.

Seitdem bemalte Ganno jeden Abend mit Kiefernnadeln und Zweigen als Pinsel seine Zehennägel wie Leinwände.

»Das musst du doch sowieso vor der Inventarkontrolle nächste Woche wieder abwischen, oder?«

Jiji sagte das im Rücken des Mannes, der sich leidenschaftlich mit der außergewöhnlichen Nagelkunst beschäftigte.

»Deshalb beeile ich mich ja. Ich bin schon an der kleinen Zehe«, antwortete Ganno mit heiterer Stimme.

Er war wegen Hochverrats zu mindestens siebzehn Jahren Haft verurteilt. Dass er einen Adligen porträtiert hatte, der mit dem Premierminister über Kreuz lag, war der Grund. Auch sein Vater war Künstler gewesen. Seit seiner frühen Kindheit hatte Ganno immer gemalt.

Mit der Malfarbe, die er in drei Wochen zubereitet hatte, malte er Woche für Woche immer wieder aufs Neue sein ungewöhnliches Kunstprojekt. Wie wichtig es für Ganno war, das Kunstwerk, das er eh in der nächsten Woche würde abwischen müssen, zu vollenden, konnte Sasuke sich vorstellen. Den Gefangenen bedeutete Ablenkung genauso viel wie ein Ziel.

Die Gefangenen teilten sich in der Regel zu viert eine Zelle von zehn Quadratmetern, die eigentlich als Einzelzelle gedacht war. Es war kein Wunder, dass die Männer, die so eng miteinander leben mussten, oft heftig stritten. Blutige Schlägereien und zermürbendes Mobbing gehörten zum Alltag. Aber Sasukes Zelle war relativ friedlich. Nicht, dass alle sich hervorragend verstanden, aber es gab keine Streitereien.

Ganno war in seine künstlerische Tätigkeit versunken, Jiji und Penjira waren mehr oder weniger die ganze Zeit auf die Kombinationen der Würfelzahlen fixiert. Und Sasuke betrachtete bis zur Nachtruhe in Gedanken versunken den Mond. So sah jeder Abend in dieser Zelle aus.

»Heey, spiel doch mit, Sasuke!«

»Du kannst zuerst die Bank übernehmen.«

Nach jeder Runde fragten Jiji und Penjira Sasuke, obwohl sie keine große Hoffnung hegten.

»Nein«, antwortete Sasuke und richtete seinen Blick auf das Fenster zum Innenhof, weil er ein leises Geräusch hörte.

Ein Schatten kreuzte einen Augenblick die weißen Strahlen des Mondscheins. Offensichtlich streifte Menou über den Innenhof.

Etwas an Menou war Sasuke nicht klar. Er wollte das klären. Und seine Freizeit war die beste Zeit dafür.

»Ich hab's mir anders überlegt«, Sasuke stand auf und setzte sich Penjira gegenüber. »Ich spiele mit.«

»Hä?! Echt?! Jucchuu!«

»Ich habe keine Zigaretten. Kann ich stattdessen das einsetzen?«

Sasuke steckte die Hand in die Tasche, tat, als nähme er etwas heraus, und schmiedete schnell mit den Fingerspitzen das Chakra. Eine angewandte Doton-Kunst. Man erhöhte den Prozentsatz bestimmter Grundstoffe, koordinierte die Atomanordnung und kristallisierte sie.

Aus Sasukes Handfläche kullerte ein roter Stein. Ein riesiger Rubin von der Größe einer Kirsche.

»Hä? Ein Edelstein? Ein echter?«

»Sicher nicht! Glas, oder?«

Penjira und Jiji starrten den Edelstein an.

Sasuke sagte weder Ja noch Nein. Der Edelstein auf seiner Handfläche war physikalisch echt. Nur künstlich erzeugt.

»Eine Glaskugel bringt nichts, man kann sie ja nicht rauchen.«

»Aber du hast auch keine Zigaretten mehr zum Einsetzen, oder? Im letzten Spiel habe ich dir ja alle abgenommen. Setz doch mal den Küchendienst ein, ja?«

Sasuke nahm die Teeschale in die Hand: »Ich brauche keine Zigaretten und auch den Küchendienst musst du nicht für mich übernehmen. Aber erfülle mir eine Bitte.«

»Eine Bitte?«

»Ich erkläre es dir später.«

Sasuke stellte die Teeschale auf den Boden und griff nach den drei Würfeln. Dann hob er sein Gesicht und richtete eine Frage an Penjira: »Für welche Kombination bekommt man die meisten Punkte?«

»Du kennst nicht mal die Regeln. Pinzoro. Dreimal eins.«

»Dann würfele ich das.«

Jiji und Penjira schauten sich gegenseitig an.

Auch Ganno unterbrach kurz das Malen und warf einen Blick auf Sasuke.

Sasuke schmiedete in der geballten Faust das Chakra. Als er die Würfel warf, ließ er ganz unauffällig eine winzige Brise Wind mit den Würfeln los. Die hölzernen Würfel klickten und kullerten in der Teeschale.

»Ernsthaft?«

Penjira schaute fassungslos auf drei Würfel mit einem rot gemalten Punkt. Genau wie von Sasuke beabsichtigt, war das Pinzoro.

Auch Jiji und Ganno starrten sprachlos die Würfel an. Sasuke stand ruhig auf.

»Ich habe gewonnen.«

»Du hast ein Pinzoro im Voraus angekündigt und es gewürfelt. So ein Glück gibt's nicht. Das war sicher ein Trick!«

Penjira protestierte, aber Jiji klopfte ihm leicht auf die Schulter.

»Gib auf.«

Bei Glücksspielen unter den Gefangenen war Betrug völlig normal. Ein Betrug wurde aber nicht als Betrug bewertet, solange der Gegenspieler den Trick nicht durchschauen konnte – das war die stillschweigende Regel.

»Du erfüllst meine Bitte, oder, Penjira?«

»Aber nichts Schwieriges, okay?«

»Sei beruhigt. Es ist ganz einfach.«

Sasuke stand auf und ging zur Tür: »Ich gehe spazieren. Wenn die Aufseher kommen, lass sie glauben, ich wäre hier.«

Penjira hielt das für einen Scherz und grinste. Aber als

er merkte, dass Sasuke es ernst gemeint hatte, hielt er ihn an den Beinen fest. In der Freizeit vor dem Schlafen durfte man alles machen, was man wollte, solange man in seiner Zelle blieb. Aber tat man nur einen Schritt aus der Zelle, galt das als Regelverstoß.

»Natürlich kann ich das nicht tun! Wie könnte ich verheimlichen, dass einer von uns fehlt?!«

»Du kannst das Bettzeug aufplustern.«

»Von so was lassen sie sich nicht täuschen! Die Aufseher sind keine fünfjährigen Kinder!«

Sasuke schob den schreienden Penjira zur Seite und ging aus der Zelle.

Durch die Gittertür rief Jiji Sasuke nach: »Du weißt es doch, oder? Wenn ein Regelverstoß entdeckt wird, wird man ohne Diskussion in die Strafzelle gebracht. Und wenn Menou einen Regelbrecher erwischt, dann frisst er ihn.«

»Ich komme gleich zurück.«

Ungerührt ging Sasuke davon und Penjira seufzte: »Darum geht es mir nicht …«

Auf dem Gelände des Instituts für Astronomie befanden sich zwei größere Gebäude, eins davon westlich vom Innenhof, das andere östlich. Das große Gebäude auf der westlichen Seite war ein Mehrzweckbau, äußerst sparsam und einfach gebaut, nicht viel stabiler als eine

Baracke. Dort waren die Gefangenen untergebracht. Das große Gebäude auf der östlichen Seite war das Hauptgebäude des Instituts für Astronomie.

Der Zutritt zum Hauptgebäude war den Gefangenen ohne spezielle Genehmigung nicht gestattet, aber Sasuke betrat es, ohne zu zögern, durch den Haupteingang. Ein Teppich mit hohem Flor dämpfte seine Schritte sogleich.

Das Hauptgebäude war völlig anders als der Mehrzweckbau. Ein Ziegelbau, prächtig wie ein Königspalast. Ein renoviertes Originalgebäude aus der Zeit von Tataru. In diesem Land, wo die Architektur nicht sehr ausgereift war, gehörte das vierstöckige Haus zu den größten Gebäuden.

Während die Gefangenen mit dünnem Bettzeug auf schmerzhaft hartem Steinboden schliefen, war das ganze Hauptgebäude – nicht nur die Zimmer, sondern auch die Korridore und Treppen – mit flauschigen Teppichen ausgelegt. Der verputzte Ziegelbau hatte keine Ritzen, nirgendwo zog kalte Luft herein. Im Wohnzimmer der Aufseher gab es sogar einen großen Kamin. Es war ein himmelweiter Unterschied zum Mehrzweckbau, in dem sich Eiszapfen bildeten, sobald es draußen schneite.

Sasuke ging die Korridore entlang, wobei er sich manchmal in einem Zimmer versteckte oder unter der Decke haftete, damit die Aufseher ihn nicht entdeckten.

Er machte sich aber nicht gänzlich unbemerkbar, um das Echsentier, Menou, anzulocken. Er wollte das Tier mit einer Genjutsu belegen, damit er aus ihm möglicherweise neue Informationen herausholen konnte.

Die Reflexe, die Geschwindigkeit, die Kraft ... Menou ist normalen Echsen in allem überlegen. Er ist wahrscheinlich ein Kuchiyose-Tier. Und er gehorcht dem Institutsleiter. Das heißt, Zansuru müsste der Anwender der Kuchiyose-Kunst sein. In diesem Land gibt es eigentlich keine Ninja, aber den Informationen zufolge soll der Premierminister für den Krieg viele Deserteure angeworben haben. Falls Zansuru ein Ninja sein sollte und Menou mit der Kuchiyose-Kunst aufrechterhalten sollte, sind die beiden über das Chakra verbunden.

Allerdings schien Sasuke die Zeit, wie lange die Kuchiyose-Kunst angewendet wurde, allzu lange. Ob morgens oder abends, Menou ging immer im Gelände des Instituts umher und überwachte die Gefangenen. Das hieß, er musste mindestens zwanzig Stunden pro Tag von Zansuru mit seiner Kuchiyose-Kunst aufrechterhalten bleiben.

Das ist zu lang. Hat Zansuru so viel Chakra? Oder funktioniert seine Kuchiyose-Kunst grundsätzlich anders als die Kuchiyose-Kunst aus Hi-no-Kuni?

Klack!

Im Dunklen des Korridors hörte Sasuke, wie eine Kralle gegen etwas klapperte.

Sasuke hielt inne. Er sah zwei gelbe Augen durch den nachtschwarzen Flur schweben, die ihn anstarrten. Knirschend tauchte Menou aus dem Dunkeln vor Sasuke auf.

»Menou, du bist also gekommen.«

Sasuke hob leicht seine dünnen Augenlider und verlagerte seine Kraft in die Pupillen.

Sharingan!

Rote Pupillen mit dem dreifachen Tomoe-Emblem trafen Menous Blick. Sasuke startete die Augenkunst, die Menou in die Genjutsu-Welt ziehen sollte – aber vergeblich …

Tapp!

Menou stieß sich vom Boden ab und sprang Sasuke an. Die ausgefahrenen scharfen Krallen schlugen zur Seite und schnitten eine Haarsträhne von Sasuke ab.

Die Genjutsu funktioniert nicht bei ihm?

Sasuke wich Menou aus und stieß dabei mit dem Rücken gegen die Wand. Menou näherte sich rasch mit federnder Schnellkraft. Sasuke schaute ihm wieder in die gelben Augen, aber es klappte auch diesmal nicht mit der Genjutsu.

Menou stürzte sich noch einmal auf Sasuke. Diesmal sprang Sasuke unter die Brust des Tieres. Er drückte mit der Handfläche gegen den Brustkorb des Tieres und brachte es mit einem Fußfeger zum Fallen. Menou fiel auf das Gesicht.

Sasuke hörte, wie der Boden unter Menou Risse bekam, und brach den Angriff ab. Er wollte keine Kampfspuren hinterlassen, um den Institutsleiter und die Aufseher nicht zu provozieren. Sonst wäre er in Gefahr geraten. Und es hätte keinen Sinn gehabt, extra ins Hauptgebäude eingedrungen zu sein.

Aber noch bevor Sasuke sich entfernen konnte, riss Menou seine Augen weit auf und sprang ihm entgegen, den langen Echsenschwanz wie eine Rute schüttelnd. Sasuke trat einen Schritt zurück und wich geschickt aus. Menou stürzte sich gleich noch mal fast selbstmörderisch auf Sasuke.

Er ist schnell!

Sasuke erzeugte mit einer angewandten Suiton-Kunst ein Kunai aus Eis und schnitt die Krallen, die ihn gleich getroffen hätten, mitsamt den Fingergliedern ab. Unerschrocken fiel Menou über Sasuke her, der dem Tier mehrmals in den Rumpf stach.

»Gyaaaa!«

Menou stieß einen gellenden Schrei aus und wankte. Aus einer weit klaffenden Wunde an seinem Bauch tropfte gelbliche Flüssigkeit.

Mist …

Sasuke bereute seine eigene Handlung in der Not. Aber es war zu spät.

Menou taumelte und stürzte sich auf ein kleines, hoch

gelegenes Fenster, durch das Licht ins Gebäude fiel. Das Tier zerstörte die Wand, sprang in den Innenhof hinunter und lief mit letzter Kraft seines verwundeten Körpers, aus dem immer mehr gelbliche Flüssigkeit herausquoll, davon.

Sasuke biss sich auf die Lippe und warf einen Blick auf seine Handfläche, die sich übel anfühlte.

Das Kunai hat Menou beim letzten Stoß ziemlich tief getroffen. Vielleicht habe ich ihn tödlich verletzt.

Am darauffolgenden Morgen frühstückte Sasuke an seinem üblichen Platz im Speisesaal und riss wie vom Donner gerührt die Augen auf, als er aus dem Fenster auf den Innenhof schaute – über den sich Menous langer Echsenschwanz zog.

Nein … Das kann nicht sein …

Vielleicht hatte Menou Sasukes Blick gespürt. Er schaute sich zu Sasuke um. Aber gleich wandte das Tier sich wieder ab, als hätte es alles vergessen, was am vorigen Abend passiert war.

Menou lebt …

Obwohl Sasuke sicher war, dass er das Wachtier schwer verletzt hatte, gab es an dessen Körper keine Wunde und keine Narbe.

Ich verstehe das nicht. Ich fühle mich, als wäre ich mit einer Augenkunst belegt worden.

»Du hast Menou übel mitgespielt, oder, Nummer 487?«, hörte Sasuke plötzlich hinter sich eine feindselige Stimme sagen.

Es war Zansuru.

Ich wäre eigentlich etwas später mit ihm in Kontakt getreten. Aber wenn er weiß, dass ich Menou angegriffen habe, geht es nicht anders. Ich wollte ihn eh etwas fragen.

Sasuke drehte sich um und setzte seine Sharingan in Gang. Die Pupillen färbten sich rot und die dreifachen Tomoe-Embleme in der Iris fesselten Zansurus Blick.

Im nächsten Moment – verschlug es Sasuke den Atem. Erst mit den Sharingan bemerkte er, dass die Augen hinter der Brille nur Glaskugeln waren.

»Kunstaugen ...«

»Großartig, großartig«, Zansuru kniff die Augen zusammen und grinste. »Gut hast du das bemerkt. Selbst meine Leute bemerken es nicht, obwohl sie mich jeden Tag sehen.«

Zansuru streckte seinen Arm aus und berührte den Fensterrahmen hinter Sasuke. Seine Bewegungen sahen so natürlich aus, dass Sasuke nicht glauben konnte, dass sein Gegenüber blind war. Aber wie oft er es auch überprüfte, er fand in den beiden Augenhöhlen von Zansuru nur Glaskugeln.

»Du kannst offenbar etwas Ninjutsu. Schön für dich. Aber merk dir eins ...« Zansuru flüsterte an Sasukes Ohr.

Sein linkes Kunstauge drehte sich einmal um, wie ein Lebewesen mit Nerven. »Ein einfacher Ninja wie du kann mir niemals Menou nehmen.«

KAPITEL 2

Am darauffolgenden Tag bestraften die Aufseher Sasuke zum ersten Mal.

Er habe den Blick abgewendet, so die Begründung. Die Aufseher schlugen mit ihren Eisenstöcken hemmungslos auf Sasukes Schultern, auf seine Schlüsselbeine und auf seinen Rücken.

Menschen, die keine Ninja waren, konnten Sasuke nicht ernsthaft verletzen, egal wie stark sie zuschlugen. Aber die Schläge taten ihm trotzdem weh und ärgerten ihn. Er schnalzte unwillkürlich mit der Zunge, was wiederum die Aufseher so ärgerte, dass sie ihm sogar Ohrfeigen verpassten.

»Wie kommt das denn? Noch gestern hatten sie Angst vor Sasuke, und plötzlich sind sie mutig geworden!«, kommentierte Jiji, ohne zu wissen, dass ein Aufseher direkt hinter ihm stand, und erhielt mit dem Eisenstock einen Schlag in den Bauch. Und Sasuke schlugen sie noch dreimal mehr als Jiji, weil er Jiji nach diesem Kommentar nicht zurechtgewiesen habe.

Offensichtlich hatte der Leiter ihnen den Befehl gegeben, Sasuke aufs Korn zu nehmen.

Er hat mich aber weder festnehmen noch in die Strafzelle werfen lassen. Offensichtlich weiß er nicht, dass ich ein Konoha-Ninja bin. Sonst würde er mich nicht einfach weiter so an der Baustelle zusammen mit den anderen Gefangenen arbeiten lassen. ... Er glaubt wahrscheinlich, ich hätte zufällig ein wenig Ahnung von Ninja-Künsten und mit deren Hilfe seinen wertvollen Menou attackiert. Also will er mir eine Lektion erteilen im Glauben, ich sei übermütig. ... Das ist es wohl, was der Leiter von mir denkt ...

Sasuke wurde an diesem Tag von jedem der acht Aufseher mehrfach mit ihren Eisenstöcken geschlagen. Etwa weil er zu langsam gearbeitet hätte, weil er nicht geantwortet hätte, als sein Name gerufen wurde, weil er sie respektlos angeguckt hätte, und so weiter. Sie konnten Sasuke nicht wirklich verletzen, egal wie oft sie ihn schlugen, aber sie machten ihn wütend. Als ein Aufseher bei der abendlichen Streife kurz vor der Schlafenszeit in Sasukes Zelle kam und ihn wegen »zu langer Haare« schlug, hätte er beinah zurückgeschlagen. Wäre er nicht für Naruto dort gewesen, hätte er dem Aufseher ein paar Rippen gebrochen.

»Sasuke, du hast uns heute echt leidgetan.«

»Warum greifen die Aufseher plötzlich Sasuke an?«

Sowohl Penjira als auch Ganno trösteten Sasuke.

Schon zuvor hatten die Aufseher manch einen Gefangenen aus Langeweile schikaniert. Als Opfer hatten sie bislang jedoch immer schwache, ängstliche Typen gewählt, die niemals Widerstand geleistet hätten. Sasuke war aber genau das Gegenteil.

»Das macht mir nichts«, sagte Sasuke und versuchte, sich gelassen zu zeigen. Aber jeder konnte hören, dass er wütend war.

»Es macht dir doch etwas aus, oder?«, sagte Jiji. Auch die anderen in der Zelle machten sich Gedanken.

»Hast du den Leiter verärgert?«

»Du gefällst ihm einfach nicht, weil du so gut aussiehst!«

»Ja, er ist sicher neidisch auf dich!«

Das Licht ging aus. Die Zeit der Nachtruhe war gekommen.

Die Ruhezeit wurde gnadenlos eingehalten und das Licht wurde auch keinesfalls wieder angeschaltet, bevor es Morgen wurde. Selbst als ein Mann drei Zellen entfernt von Sasuke und den anderen ein Herzversagen erlitt, hatten die Aufseher kein Licht gemacht.

Jiji, Ganno und Penjira suchten tastend nach ihrem Bettzeug und deckten sich zu, nach ein paar Minuten hörte man sie gleichmäßig atmen. Sie waren nach der Arbeit immer todmüde und an diesen Tagesrhythmus angepasst.

Sasuke überprüfte, ob alle eingeschlafen waren, dann zog er die Gittertür auf und verließ die Zelle.

Sasuke ging durch den Mehrzweckbau. Um sein Handgelenk gewickelt trug er ein schmales rotes Tuch.

Dieses rote Wickeltuch zu tragen hieß, dass man die Erlaubnis hatte, seine Zelle zu verlassen. Musste man außerhalb der regulären Zeiten arbeiten oder außerhalb der Freizeit zum Arzt, konnte man das Tuch bei den Aufsehern erhalten. Wenn man es trug, erkannte Menou keinen Regelverstoß und griff einen nicht an. Sasuke hatte es am Nachmittag aus der Tasche eines Aufsehers gestohlen, der ihn mit dem Eisenstock geschlagen hatte und dabei unachtsam gewesen war.

Sasuke machte sich unbemerkbar und ging den kalten Korridor entlang. Er hörte jemanden schluchzen.

Das Schluchzen kam aus dem stählernen Putzmittelschrank an der Wand und Sasuke konnte sich vorstellen, was das bedeutete. Es passte zwar nicht in seinen Plan, aber einfach vorbeigehen konnte er auch nicht. Er öffnete die Schranktür.

Ein magerer Mann mit lockigen Haaren war dort eingesperrt, seine Hände und Füße waren mit Leinenfetzen gefesselt.

»Haaah!«

Der Mann erstarrte, als er Sasuke sah. Seine Handgelenke, die vor der Brust gefesselt waren, waren nass von seiner Spucke und zeigten deutliche Bissspuren. Er hatte sich wohl gebissen, um sein Schreien zu unterdrücken, damit Menou ihn nicht entdeckte.

»Was machst du hier?«

»Äh, ähm ... Auf dem Weg vom Klo haben die Alten mich geschnappt ... und eingesperrt ...«

Also Mobbing.

Sasuke zerriss den Leinenfetzen um das Handgelenk des Mannes.

So viele zornige, unzufriedene und überforderte Männer mussten unfreiwillig eng zusammen unter den schlimmsten Bedingungen leben. Da war es keine Überraschung, dass manche ihren Stress abbauten, indem sie andere schikanierten. Opfer waren meist die Schwachen. Die, die niemand schützen wollte. Oder diejenigen, die so geschwächt waren, dass sie bald sterben würden.

»Wo ist dein Tuch?«

»Ich hab keins ... Sie haben es mir weggenommen ...«

Sasuke schnalzte mit der Zunge, nahm seins ab und gab es dem Mann. Würde der Mann ohne Tuch den Korridor langgehen, würde er sofort von Menou entdeckt und gefressen.

Der Mann bedankte sich immer wieder bei Sasuke und lief davon. Sasuke schaute dem Mann voller Mitleid nach.

Für Sasuke war dies ein Ort, an dem er nur eine Zeit lang verweilen musste. Aber für den Mann war es ein Friedhof. Beim jetzigen Arbeitstempo wusste niemand, wann das Teleskop fertig und die Arbeit beendet sein würde. Es war sehr wahrscheinlich, dass der Mann sterben würde, bevor die Arbeiten hier abgeschlossen waren.

Sasuke fiel es schwer, mit schwachen und hilfsbedürftigen Menschen umzugehen. Er fragte sich, was er tun sollte, und fand keine Antwort.

Klapper!

Er hörte, wie eine harte Kralle hinter ihm auf den Boden traf.

Ein heftiger Windstoß streifte Sasukes Nacken. Scharfe Krallen schlugen quer über seinen Rücken und schnitten ihn auf – so sah es aus. Aber es war ein Nachbild. Menou schnüffelte einmal, fand Sasuke, der sich unter der Decke festhielt, und hob seinen langen Schwanz empor.

Buff!

Die Spitze des Echsenschwanzes zerschmetterte die Decke. Sasuke sprang zu Boden, unter den herabfallenden Holzsplittern versteckt. Aus kürzester Distanz inspizierte er Menous Bauch so gründlich wie möglich: Es gab tatsächlich keine Wunde. Obwohl er am vorigen Abend den Bauch des Tieres durchbohrt hatte.

»Eine außergewöhnliche Heilungskraft. Oder ist das eine andere Echse?«

Menou ging auf Sasuke los, wie immer mit undurchdringlicher Miene.

Die Krallen des Tieres schlugen wie ein Blitz durch die Luft. Der verfehlte Schlag ließ Menou vornübertaumeln, und bevor das Tier zu Boden fiel, sprang Sasuke unter dessen Körper. Er kickte von unten gegen das mit harten Schuppen bedeckte Kinn des Tieres und trat von der Seite zweimal hintereinander in dessen Bauch.

Bevor Sasuke zum dritten Mal zutreten konnte, schwang ihm von der Seite der lange Echsenschwanz entgegen.

Mit seiner Hand fing Sasuke die Spitze des gebogenen Schwanzes und zog kräftig daran. Menou verlor das Gleichgewicht und fiel auf den Rücken. Sofort hielt Sasuke Menous Hals fest und probierte nochmals, mit den Sharingan auf Menou einzuwirken. Aber das Ergebnis blieb gleich. Menou ließ sich nicht mit einer Genjutsu belegen.

Vielleicht gefiel es Menou nicht, von oben herab angesehen zu werden. Das Tier verengte seine Pupillen zu schmalen Schlitzen. Es wand sich und reckte seinen Hals, um Sasukes Kopf abzubeißen. Sasuke sprang rasch zur Seite. In diesem Moment berührten die Krallen von Menous rechter Klaue ganz leicht Sasukes Wange.

Sasukes Haut hatte einen winzigen Kratzer. Es blutete ganz leicht.

Sasuke rechnete mit einem weiteren Angriff und zog das versteckte Schwert aus der Scheide. Überraschenderweise sprang Menou aber nach hinten zurück und entfernte sich etwas von Sasuke.

Was soll das?

Sasuke bereitete sich auf einen Angriff aus mittlerer Distanz vor. Im selben Moment – wurde ihm plötzlich schwindlig.

Er taumelte, und die Sinne schwanden ihm für einen kurzen Augenblick.

Als Sasuke wieder zu sich kam, sah er Menous gefletschte Zähne direkt vor seinen Augen. Alle Krallen des Tieres waren nach Sasuke ausgereckt und berührten fast seine Haare. Sasuke sprang nach links und wich knapp dem Angriff aus. Aber gleich wurde ihm wieder schwindlig.

Er versuchte mit aller Kraft, sich auf den Beinen zu halten und im schwankenden Gesichtsfeld seinen Blick zu fokussieren. Aber dann sackte er in sich zusammen, mit an die Wand gedrückter Hand. Menou griff an.

Poch!

Sasukes Herz schlug heftig, er sank auf die Knie.

»Hah! Hah!«

Es brannte tief in seiner Brust. Im weiß eingetrübten Sichtfeld blitzten Menous scharfe Krallen auf.

Sasuke zog das Schwert mit verdrehtem Griff aus der

Scheide und schlug ein Kreuz. Die Dielen mitsamt den Querbalken wurden in Stücke geschlagen. Mit den Bruchstücken stürzte Sasuke durch den Fußboden.

Sofort sprang Menou ihm durch das Loch im Fußboden hinterher. Das Tier landete auf dem Boden des unteren Stockwerks, schaute sich um und suchte Sasuke.

Aber Sasuke war verschwunden und weder zu sehen noch zu riechen.

»Hah … Hah …«, schwer atmend schwankte Sasuke durch den dunklen Flur, sich an der Wand stützend.

Er war Menou mit knapper Not entkommen, aber über seinen Körper verlor er mehr und mehr die Kontrolle. Er dachte an den Moment, als Menous Krallen seine Wange berührt hatten. Bestimmt war er da vergiftet worden. Aber er wusste nichts von einer giftigen Echse. Wahrscheinlich hatte Zansuru Menous Krallen mit Gift bestrichen.

»Urgh … Uungh …«

Sein Körper begann zu zittern und ein eisiger Schauer lief ihm wie ein Tsunami über den Rücken, sein Denken setzte aus. Obwohl seine Haut wie Feuer brannte, war ihm innerlich eisig kalt. Er konnte nichts gegen den Schüttelfrost tun.

Sasuke schmiedete mit der Handfläche Chakra, erzeugte mit einer Suiton-Kunst Wasser und trank. Kaum hatte er getrunken, begannen auch seine Finger zu zittern. Er konnte kein Chakra mehr schmieden. Das Wasser floss aus seiner Hand über den Hals bis hinunter zum Bauch.

»Hah ... Verdammt ...«

Alles schwankte, und hinter seinem Trommelfell hörte Sasuke ein unangenehmes, prasselndes Geräusch, als ob jemand in seinem Kopf ein Feuerwerk gezündet hätte, seine akustische Wahrnehmung spielte verrückt.

Das ist schlimm ...

Gegen alle gewöhnlichen Gifte war Sasuke ziemlich resistent. Er hielt ein Mehrfaches der tödlichen Dosis aus. Aber dieses Gift wirkte bei Sasuke, es lähmte ihn. Offensichtlich war es entweder ein extrem starkes Gift oder ein Gift aus Substanzen, die es nur in dieser Gegend gab und die den Konoha-Ninja unbekannt waren.

»Hff ... Haah ...«

Sasukes Hals war wie zugeschnürt, er bekam immer weniger Luft. Mühsam schleppte er sich den Flur entlang.

Sein Herz klopfte fürchterlich, normales Atmen war nicht möglich. Er fühlte sich, als leide er gleichzeitig unter Hyperventilation und Herzinfarkt.

Sasuke leckte tropfenweise das durch Suiton auf der Handfläche verbliebene Wasser. Aber es half ihm gar nicht.

Soll ich besser an die Wand gelehnt stehen bleiben und abwarten, bis die Symptome nachlassen?, fragte er sich. Und im selben Augenblick …

Klack!

Durch das Ohrensausen hörte Sasuke Schritte, die sich näherten. Er erstarrte.

Oh nein! … Jemand kommt.

Wenn ihm in diesem Zustand jemand feindlich begegnen sollte, wäre es aus mit ihm.

Die Schritte kamen immer näher.

Sasuke setzte die dreifachen Tomoe in seinen Pupillen ein und versuchte mit aller Kraft, seinen Blick zu fokussieren. Sein Körper wollte sich nicht mehr bewegen. Ihm blieb keine andere Möglichkeit, als Genjutsu anzuwenden, wer auch immer da gleich auftauchte.

Er hielt den Atem an und lauschte auf die sich nähernden Schritte.

Klack, klack, klack …

Die Schritte auf dem steinernen Korridor stoppten, die Person stand hinter Sasuke.

Sasuke spürte das zwar, aber sein Körper wollte sich nicht bewegen.

Die Person hinter Sasuke fasste mit den Händen nach vorne und bedeckte seine Augen, in denen die Sharingan in Gang gesetzt waren. Und zwar sanft. Sehr sanft.

»!«

Sasuke hielt kurz den Atem an. Er kannte diese Finger, die ihn berührten.

Nein, unmöglich! ... Sie kann nicht hier sein!

Er wollte sich umdrehen, aber sein Körper war völlig kraftlos und sank nach hinten. Die Person, deren Wärme er gut kannte, fing ihn auf.

»Beruhige dich, Sasuke.«

Es war Sakuras Stimme.

Sasuke lag in der Krankenstation und atmete flach.

Sowohl sein heftiger Puls, von dem er glaubte, man könnte ihn hören, als auch seine Übelkeit, die wirkte, als hätte er gar keinen Gleichgewichtssinn mehr, beruhigten sich allmählich. Er probierte vorsichtig, seinen Arm und seine Beine zu bewegen, und es ging ganz normal.

»Wie fühlst du dich?«

Seine Frau zog den Vorhang rund um das Bett auf und schaute ihn an.

»Hm ... viel besser.«

Sasuke richtete sich langsam auf und stieg aus dem Bett. Ihm war immer noch etwas schwindlig, aber nur leicht. Davon würde er sich bald erholen. Jetzt beschäftigte ihn mehr die Frage, warum Sakura hier war.

»Den Symptomen nach ist das Gift von der Sorte, die Aktionspotenziale der Nervenzellen hervorruft. Es blockiert die Keirakukei des Chakras, verursacht eine

Depolarisation und bewirkt so, dass die zentralen Nerven heftig erregt werden … Du bist dagegen nicht resistent. Also besteht es wahrscheinlich aus Substanzen, die man nur hier findet.«

Sakura zog Sasukes Ärmel hoch. Sie wischte über die Innenseite seines Ellenbogengelenks mit einem in Alkohol getränkten Wattebausch, dann sagte sie wie zu einem Kind: »Es pikst ein bisschen«, und stach die Nadel in die Haut.

»… Sakura«, sprach Sasuke sie an, wobei er zusah, wie sein Blut in die Spritze strömte. »Warum bist du hier? Wo ist Sarada?«

»Sie ist zu Gast bei Meister Iruka. Ich bin gekommen, um dir eine Änderung deiner Mission mitzuteilen.«

»Eine Änderung meiner Mission?«

Naruto litt mitsamt dem in ihm versiegelten Neunschwänzigen Fuchsungeheuer Kurama unter einer Krankheit unbekannten Ursprungs. Kuramas Erinnerung zufolge hatte einst auch Rikudo Sen'nin an einer Krankheit mit den gleichen Symptomen gelitten. Und Rikudo Sen'nin war während seines Aufenthalts im Land Redaku von der Krankheit genesen.

Es war aber nicht klar, *wie* Rikudo Sen'nin diese Krankheit geheilt hatte. Darum war Kakashi zunächst heimlich in die Hauptstadt vom Land Redaku gereist, um nach entsprechenden Hinweisen zu suchen.

Aber Redaku war weit entfernt. Allein die Anreise dauerte mehrere Tage. Und während sie auf eine Nachricht von Kakashi warteten, ging es Naruto immer schlechter. Alle in Hi-no-Kuni existierenden Dokumente hierzu waren größtenteils in einer altertümlichen Sprache geschrieben, und selbst Spezialisten konnten sie nicht leicht lesen. Anscheinend hatte Rikudo Sen'nin lange Zeit zusammen mit einer »Janmaru Tataru« genannten Person im »Institut für Astronomie« gewohnt. Aber mehr konnten sie nicht erfahren.

Sasuke machte sich Sorgen, Narutos Krankheit könnte zu weit fortschreiten, bevor sie etwas dagegen tun konnten. Er wollte nicht länger warten. Obwohl alle dagegen waren, machte er sich allein auf den Weg zum Tataru-Institut für Astronomie, um dort weitere Hinweise über Rikudo Sen'nins Krankheit und Genesung zu finden.

Und Sakura eilte ihm direkt hinterher, als es neue Informationen gab.

»Shikamaru hat mich unterwegs per Falke auf dem Laufenden gehalten. Unter den Dokumenten, die Meister Kakashi in der Hauptstadt gefunden hat, war auch eine Beschreibung der Krankheit ... Hier. Das ist die Abschrift.«

Auf dem doppelt gefalteten Papier, das Sakura ihm

entgegenstreckte, sah er die vertraute Handschrift von Shikamaru:

Rikudo Sen'nin, welcher unter einer unbekannten Krankheit litt, reiste ins Land Redaku und begegnete dem Astronomen Tataru.
Bei Tataru ruhte Rikudo Sen'nin sich aus, aber seine Krankheit heilte nicht.
Eines Nachts erschien Tataru am Himmel ein Stern, der zur Erde fiel.
Rikudo Sen'nin fing den Stern mit bloßer Hand und brach ihn entzwei.
Der Glanz des zerbrochenen Sterns fiel auf Rikudo Sen'nin.
Und mit einem Mal ward die langwierige Krankheit von Rikudo Sen'nin geheilt.

Der Stern vom Himmel offenbarte unendliches Chakra und besaß eine prächtige Kraft.
Tataru nannte den Glanz, der diese Kraft erzeugte, Kyokuryushi – Zenit-Partikel.
Damit die Menschen nicht um diese Kraft kämpfen würden, versteckte Rikudo Sen'nin eine Hälfte der Zenit-Partikel im »Himmel, der zur Erde fiel«, und die andere Hälfte im »Stern, der kreist und sich nicht entfernt«.

Heute ruhen die Zenit-Partikel im Schutze des Wegweisers aus den Sternen.

Wer immer von der gleichen Krankheit wie Rikudo Sen'nin befallen ist, sollte zur Kraft der Zenit-Partikel greifen.
Wenn er es will, kommt ihre Kraft an jenen Ort.
Wer den Ort ausfindig machen will, sollte in Redaku mit dem Himmelsbild spielen.

»Wer immer von der gleichen Krankheit wie Rikudo Sen'nin befallen ist …«

Sasuke las die letzten Zeilen noch einmal laut und rekapitulierte seufzend: »Der Schlüssel, um die Krankeit zu heilen, sind also diese Zenit-Partikel. Und diesem Dokument zufolge soll Rikudo Sen'nin die Hälfte der Zenit-Partikel im ›Himmel, der zur Erde fiel‹, und die andere Hälfte im ›Stern, der kreist und sich nicht entfernt‹, versteckt haben.«

»Shikamaru und ich vermuten beide, Naruto leidet unter einer Funktionsstörung der Chakra-Röhren, die dadurch verursacht wurde, dass er ein Biju in seinem Körper hat. Und diese Teilchen vom Meteorit, die Zenit-Partikel, wie Tataru sie genannt hat, können die Störung aufheben …«

»Ich finde sie bestimmt«, sagte Sasuke entschlossen.

Sakura nickte zustimmend: »Es ist nun unsere Mission, dieses ›Himmelsbild‹ ausfindig zu machen und so an die ›Zenit-Partikel‹ zu gelangen. Aber zuerst müssen wir herausfinden, was das für ein Bild ist. Ob ein Buch oder ein Gemälde oder etwas Anderes.«

»Die Änderung an der Mission habe ich verstanden. Aber das erklärt noch nicht, warum du hier bist.«

Sasuke betrachtete seine Frau kritisch.

Etwas beleidigt zog Sakura ihre Augenbrauen zusammen: »... Auch ich bin ein Ninja. Bei Bedarf reise auch ich auf Missionen ins Ausland.«

»Aber man muss nicht extra ein Risiko eingehen. Ein Falke kann doch jede Nachricht übermitteln.«

»Wir haben einen geschickt. Aber es hat nicht geklappt. Der Falke hat den Brief nach Hause zurückgebracht.«

»Was?«

Diesmal zog Sasuke die Augenbrauen zusammen. Anders als wild aufgewachsene Vögel waren die Falken, die von klein auf im Dorf trainiert wurden, normalerweise sehr zuverlässig.

»Ich weiß nicht, warum ... auf jeden Fall hatten wir keine Zeit zu verlieren. Darum habe ich entschieden, als Ärztin hierher zu kommen und direkt den Brief zu überbringen. Hier kann ich dich ja auch unterstützen.«

»Ich brauche keine Unterstützung. Geh sofort nach Hause. Hier ist es gefährlich.«

»Gefährlich?«, Sakuras Gesicht wurde plötzlich ernst. »Unterschätzt du mich?«

»Ich weiß, was du kannst. Aber ich komme hier allein klar. Außerdem ... über dieses Institut ist mir vieles klar geworden. Weder beim Leiter noch bei Menou kann meine Augenkunst etwas bewirken.«

»Also muss ich umso mehr hier sein. Für eine besondere Mission, die man nicht einfach mit Kraft erledigen kann, braucht man einen Partner.«

Sakura hatte recht. Im Kampf war Sasuke so stark wie niemand sonst außer dem Siebten Hokage. Aber in dieser Mission ging es eher um Spionage. Er musste von jemandem, den er nicht mit seiner Augenkunst belegen konnte, Informationen erlangen, oder heimlich etwas erledigen, ohne jemanden zu verletzen. In solch einer außergewöhnlichen Situation, wäre es ein großer Vorteil, jemanden an der Seite zu haben.

»Außerdem ... sind hier die Lebensbedingungen einfach zu schlecht. Immer mehr Menschen sterben vor Hunger und Erschöpfung, aber das kümmert niemanden. Ich habe dem Leiter Zansuru einen Verbesserungsvorschlag gemacht, aber er hört auf gar nichts. Er meinte, egal wie viele Menschen stürben, er könne jederzeit neue beschaffen. ... Für den Leiter und die Aufseher sind die Gefangenen bloß Arbeitskräfte, die sie jederzeit ersetzen können.«

»Mach keine riskanten Sachen. Widersetz dich dem Leiter nicht. Sonst bekommst du Ärger.«

»Ich bin Ärztin und habe die Pflicht, für die Gesundheit aller Menschen hier alles zu tun.«

Wenn es um ihre Arbeit ging, war Sakura hartnäckig. Die beiden starrten sich kurz an, dann seufzte Sasuke.

»... Okay. Mach, was du willst. Aber übernimm dich nicht.«

»Klar.«

Sakura lächelte, dann schaute sie sich zum Schreibtisch um.

»Ich schicke deine Blutprobe nach Konoha. Und für alle Fälle schicke ich auch an Meister Kakashi einen Bericht über die aktuelle Lage.«

»Wir können doch keine Nachrichten mit den Falken schicken, oder?«

»Schau mal.«

Sakura pfiff. Aus dem Zimmer hinter dem Behandlungsraum flog ein zierlicher Falke herüber. Er trug um den Hals ein rotes Tuch von gleicher Art, wie die Gefangenen es trugen, wenn sie außerhalb der geregelten Zeiten ihre Zellen verlassen mussten.

»Wahrscheinlich hat der Falke dich nicht erreicht, weil Menou ihn vertrieben hat. Unbefugten ist der Eintritt nicht gestattet – das ist ja eiserne Regel hier. Aber mit dem Tuch wird er vielleicht nicht als Unbefugter angesehen.«

Sasuke nickte zustimmend.

Es klopfte an der Tür. Die beiden schauten sich fragend an, die Sprechzeit war längst vorbei.

»Sind Sie noch wach?«, fragte Jijis Stimme. Sie klang sanfter als sonst.

Sakura stupste Sasuke an die Schulter, und er setzte sich wieder aufs Bett. Der Vorhang ums Bett schloss sich, er hörte Jiji näher kommen.

»Ähm … Sind Sie nicht da?«

Sasuke bemerkte, dass seine Füße unter dem Vorhang zu sehen waren, und hob sie rasch aufs Bett, ohne die Schuhe auszuziehen. Auf dem Vorhang war Jijis Schatten zu erkennen.

»Ach … Hier sind Sie.«

»Jiji, was ist los so spät am Abend?«, fragte Sakura.

»Schauen Sie sich das mal an. Gestern bei der Arbeit ist die Blase geplatzt. Ich habe große Schmerzen. Also hab ich einen Aufseher um Erlaubnis gebeten, die Frau Doktorin zu besuchen.«

»Setzen Sie sich. Welche Nummer haben Sie denn?«

»544.«

Sasuke hörte, wie die Spitze eines Stifts auf dem Papier kratzte. Sakura schrieb wohl Jijis Krankenkarte.

Die Behandlung wird nicht so lange dauern.

Sasuke saß im Schneidersitz auf dem Bett und wollte still abwarten, bis Jiji das Zimmer wieder verließ.

»Haben Sie keine Zigaretten? Zigaretten helfen mir am besten als Schmerzmittel.«

»Natürlich habe ich keine. Ich bin Ärztin, was denken Sie denn?«

»Wenn Sie mir eine Zigarette geben könnten, würde ich alles dafür tun. Haben Sie wirklich keine? Auch eine angerauchte Zigarette von Ihnen würde ich gern zu Ende rauchen.«

»Ich desinfiziere Ihre Wunde. Aufpassen, gleich brennt es.«

Sakura zog Jijis Arm zu sich heran und krempelte den Ärmel hoch, der am Ellbogen zusammengeschoben war. Sasuke konnte das alles nicht wirklich sehen, aber die Bewegungen der Schatten auf dem Vorhang ließen es erahnen.

Jijis Verhalten ließ Sasuke sogar leicht erkennen, dass seine Behauptung, er habe vor Schmerzen nicht schlafen können, nur eine Ausrede war, um hierherzukommen. Er hatte Hintergedanken.

Hinter dem Vorhang redete Jiji die ganze Zeit, dass er gerne Schmerzmittel hätte, dass er sich fiebrig fühle. Sakura hörte nur mit halbem Ohr zu und setzte die Behandlung fort.

»Sie kommen nicht von hier, oder?«

»Wie kommen Sie darauf?«

»Wegen Ihres Namens und Ihrer Haarfarbe ... Ich sehe

zum ersten Mal kirschblütenfarbene Haare. Sie sind wunderschön.«

Jijis Hand griff nach Sakuras Haaren. Sasuke konnte nicht länger still bleiben, er packte Jiji von hinten am Handgelenk.

Sakura rollte die Augen.

»… Hä?« Überrascht starrte Jiji Sasuke an. »Warst du die ganze Zeit schon da? Was machst du hier, Sasuke?«

»Und du? Warum bist du hier?«

»Wegen einer Wunde. Eine Blase ist geplatzt, und es tut mir weh. Sie blutet nicht mehr, aber es brennt ganz fürchterlich.«

Lügner!

»Nehmen Sie das hier ein, damit sie sich nicht entzündet.«

Sakura gab Jiji ein kleines Schälchen mit grüner Flüssigkeit.

»Was ist das?«

»Ein Kräuterextrakt. Mit antibakterieller Wirkung.«

»Ärck! Das stinkt! Ich trinke lieber Sake! Alkohol hat auch eine antibakterielle Wirkung!«

»Im Übrigen, die Doktorin ist meine Frau.«

Jiji prustete heftig, die grüne Flüssigkeit spritzte ihm aus dem Mund. Er starrte Sasuke und Sakura nacheinander mit großen Augen an, während er die am Kinn hinablaufende grüne Brühe abwischte.

»Echt?! Du bist mit unserer Ärztin verheiratet? Echt? Das heißt ... Ach! Du bist also doch verheiratet!«

»Ich habe nie gesagt, dass ich ledig sei.«

»Aber so ein Typ wie du ist normalerweise ledig.«

Was für ein Vorurteil ...

»Und ... warum arbeitet deine Frau hier?«

»Ich bin hierhergekommen, um Sasuke zu sehen«, log Sakura seelenruhig. »Anders als in einem normalen Gefängnis kann man hier niemandem einen Besuch abstatten. Aber ich wollte Sasuke unbedingt sehen. Deshalb habe ich mich hier als Ärztin anstellen lassen.«

»Verstehe.«

»Wunderst du dich nicht?«, Sasuke richtete einen erstaunten Blick auf Jiji, weil dieser so einfach Sakuras Lüge geschluckt hatte.

»Warum sollte ich mich wundern?«, fragte Jiji verdutzt. »Das ist doch ganz normal. Ein Ehepaar bleibt ja immer zusammen.«

»Jiji, halte es vor den anderen geheim, dass Sakura meine Frau ist.«

Sasuke redete auf Jiji ein, nachdem sie die Krankenstation verlassen hatten und den Flur entlanggingen. Am Handgelenk trug er das Wickeltuch, das Sakura ihm gegeben hatte.

»Ich weiß. Sie könnte hier nicht mehr arbeiten, wenn

der Leiter und die anderen erführen, dass sie die Frau eines Gefangenen ist … Aber was für eine Überraschung, dass du verheiratet bist. Das hättest du früher sagen sollen.«

»Du hast mich ja nie gefragt.«

»Aber wir haben über das Thema sicher gesprochen.«

Sasukes Zellengenossen hatten ungefähr über alle Themen schon einmal gesprochen; selbstverständlich ein paar Mal auch darüber, ob sie Freundinnen hatten oder verheiratet waren. Aber Sasuke vermied immer, sich an den Gesprächen zu beteiligen. Er war schließlich Teil einer verdeckten Ermittlung.

»Jiji, du hast eine Verlobte, oder?«

Auf Sasukes Frage lächelte Jiji fröhlich: »Ja. Sie arbeitet in der Hauptstadt von Redaku. Sobald ich entlassen werde, heiraten wir.«

Sasuke senkte den Blick auf den Boden vor ihnen. Der mit Pflanzenfarben gefärbte Teppich glänzte hell im Mondschein, der durch das große Fenster fiel.

Ein Ehepaar bleibt zusammen.

Sasuke wiederholte innerlich Jijis Worte. Da er meist für langwierige Missionen außerhalb des Dorfes war, kam ihm dieser Gedanke fremd vor.

»Jiji. Glaubst du wirklich, dass ein Ehepaar immer zusammenbleiben sollte?«

»Ja, natürlich«, antwortete Jiji sofort. »Auch deine

Frau ist doch extra an diesen entlegenen Ort gekommen und arbeitet in diesem beschissenen Gefängnis, nur weil sie bei dir sein will.«

»Tja … Ich bin tatsächlich sehr oft unterwegs.«

»Wie oft denn?«

»Einmal war ich mehrere Jahre lang nicht zu Hause.«

»Mehrere Jahre?! Echt?!«, vor Erstaunen bekam Jijis Stimme einen ganz hohen Klang. »Deine Frau hätte glauben können, du hättest sie verlassen!«

»Wie kommst du darauf?«, Sasuke starrte Jiji im vollen Ernst an.

»Das ist doch selbstverständlich!«, Jiji starrte mit genauso vollem Ernst zurück.

»Ich würde sie nie im Stich lassen. Es geht eben nicht anders, weil sie zu Hause ihren Job hat und ich im Ausland meinen. Wir schreiben uns aber ständig Briefe.«

»Na ja, selbst wenn … Machst du dir keine Sorgen, jemand wie ich könnte versuchen, sie anzumachen? Trägt man in eurem Land keinen Fingerring?«

Jiji schaute Sasuke mit ernsthaft besorgter Miene an und wiederholte: »Ein Ehepaar sollte immer zusammenbleiben.«

Sasuke verstand Jiji nicht ganz.

Sakura war seine Frau und gehörte damit zu seiner Familie. Das änderte sich nie, egal wo sie war. Er hatte nie gehört, dass jemand nicht mehr zu seiner Familie gehörte, sobald dieser mehr als einige Kilometer entfernt war. Selbst als Sasuke tiefen Hass gegen Itachi spürte, änderte das nichts daran, dass Itachi zu seiner Familie gehörte.

Sakura und ich sind eine Familie. Wir leben gemeinsam und werden weiter gemeinsam leben. Wir sehen uns zwar nicht jeden Tag, aber das ändert nichts daran, dass wir eine Familie sind, dachte Sasuke. Aber es war ihm zu mühsam, seine Gedanken Jiji darzulegen. Stattdessen stimmte er Jiji kurz zu und wechselte das Thema.

»Hast du irgendwann von einem Buch gehört, das Himmelsbild heißt?«

»Himmelsbild?« Jiji wiederholte den Titel und überlegte. »Nein, kenne ich nicht. Aber das ist ein Buch über Astronomie, oder? Dann steht das vielleicht in der Bibliothek. Frag mal Penjira.«

»Warum Penjira?«

Jiji blinzelte mit den Augen.

»Der ist doch für die Bibliothek zuständig. Wusstest du das nicht?«

KAPITEL 3

Auf seinem Weg zur Bibliothek, die direkt vor dem Hauptgebäude lag, überquerte Sasuke den vom klaren Abendrot erstrahlten Innenhof. Die Gefangenen durften die Bibliothek nur in der Zeit vor und nach dem Abendessen betreten.

Er öffnete die verwitterte Messingtür, drinnen standen ordentlich aufgereiht schulterhohe Bücherregale. Das ganze Gebäude war aus leichtem Sandstein und Laterit erbaut und noch luftdurchlässiger und kälter als der Mehrzweckbau; und dunkel war es zudem. Vielleicht zum Schutz der vielen Bücher aus Pergament. Einzige Lichtquellen waren die kleinen Fenster, die offenbar zur Lüftung gedacht waren. Die Strahlen der Abendsonne fielen durch diese Fenster und zeichneten in gleichmäßigen Abständen helle Flecken auf den Boden.

Sasuke hatte mit niemandem gerechnet, aber überall saßen Gefangene auf dem Boden und blätterten in Büchern. Viele konnten nicht einmal lesen, aber es machte ihnen wohl Spaß, einfach nur die Bilder anzuschauen.

Sakura stand wie vereinbart vor einem Regal in der Nähe eines Fensters auf der Südseite und tat, als suche sie irgendein Buch. Auch als Sasuke sich näherte, wandte sie ihren Blick nicht von den Büchern ab.

Sasuke ging in der Bibliothek herum, hielt dann aber irgendwann auf der anderen Seite des Regals, vor dem Sakura stand. Niemand war in ihrer Nähe.

»Ein Zellengenosse von mir arbeitet im Bibliotheksdienst«, sagte Sasuke, wobei er mit einem Buch, das er zur Hand genommen hatte, seinen Mund verdeckte. Nach einem kurzen Moment hörte er eine Antwort, die hinter den dicht nebeneinanderstehenden Buchrücken hervorkam.

»… Der Mann, der am Tisch ein Nickerchen macht, oder? Der zierliche, kurzhaarige …«

»Er ist verrückt nach Glücksspiel und macht jedes Spiel mit. Zuerst spreche ich ihn an. Dann kommst du und machst weiter.«

»Okay.«

Sakura klappte das Buch in ihren Händen zu. Auf das Signal hin näherte sich Sasuke dem Mann, dessen Kopf auf den aufgeschlagenen Seiten wie ein Stein ruhte, und klopfte ihm auf die Schulter.

»Penjira.«

»Uah! Erschreck mich doch nicht so!«, Penjira fuhr auf und öffnete die Augen. »Was für eine Überraschung, Sasuke. Du bist ja zum ersten Mal hier.«

»Ich hätte nicht gedacht, dass du so was Umständliches wie den Bibliotheksdienst übernehmen würdest.«

»Ich habe mich freiwillig gemeldet. Ich zeige mich als Mustersträfling, damit ich vorzeitig entlassen werde. Anders als bei euch ist meine Strafzeit ohnehin kurz.«

»Ein Mustersträfling sollte aber aufmerksamer mit Büchern umgehen, oder?«

Die Seiten des aufgeschlagenen Buches, das bestimmt wertvoll war, waren mit Penjiras Spucke beschmiert.

»Uah! Nein!«

Penjira wischte mit dem Ärmel hastig über die feuchte Stelle. Die Seite riss.

»Haah! Das Gesicht von Langhals ist zerrissen!«

»Langhals?«

»Das hier, das Riesenviech!«

Penjira wies auf das Bild eines Tiers mit langem Hals. Neben dem Bild stand der Name »Titan«. Die Seite war nass von Spucke und die Stelle mit dem Gesicht war zerrissen, aber man konnte erkennen, dass das Tier im Verhältnis zu den Bäumen im Hintergrund riesig schien.

»In diesem Buch stehen viele ausgestorbene Drachenviecher. Ich kann zwar nicht lesen, aber es macht mir Spaß, die Bilder anzusehen.«

Sasuke las schnell die Erklärung.

Titan – Ein Drachenviech mit langem Hals und langem Schwanz. Die gesamte Körperlänge beträgt circa 30 Meter. Ein

Teilskelett wurde in der Erdschicht um das Tataru-Institut gefunden.

Sasuke kannte sich damit nicht aus, aber es war unter Wissenschaftlern bekannt, dass die riesigen Lebewesen, die »Drachenviecher« genannt wurden, einst in dieser Region gelebt hatten. In manchen Gegenden nannte man die Tiere »Dinosaurier«.

Lange bevor sich die Erdkruste faltete und die heutige Gebirgskette entstand, war diese Region ein Sumpfgebiet gewesen. Damals liefen bestimmt viele Drachenviecher in dieser Gegend herum.

»Suchst du auch ein Buch über Drachenviecher? Soll ich meine Empfehlungen holen?«

»Nein, danke. Ich suche ein anderes Buch. Der Titel lautet Himmelsbild.«

»Himmelsbild?« Penjira wiederholte den Titel ahnungslos. »Davon hab ich nie gehört. Wahrscheinlich finden wir es im Bücherkatalog. Aber zuerst müssen wir jemanden suchen, der lesen kann.«

»Ich kann lesen.«

»Echt?! Toll, Sasuke!«

Vollkommen beeindruckt nahm Penjira von der Theke einen Katalog. Er war so dick wie ein Lexikon. Die Seidenfäden, die die rundum angestoßenen Seiten zusammenhielten, waren abgewetzt und fast zerrissen.

Sasuke öffnete das Buch vorsichtig. Die ganzen Seiten

waren dicht mit einer schlängelnden Handschrift gefüllt. Die Zeilen waren chaotisch, aber den Standort des Buches »Himmelsbild« fand er sofort. Als eines der wichtigsten Bücher in der Bibliothek stand es schon auf der ersten Seite.

»Untergeschoss … I-24«, las Sasuke.

»Ach, schade …«, enttäuscht senkte Penjira die Schultern. »Dann kannst du es nicht lesen. Im Untergeschoss sind nur besonders wertvolle Bücher. Zigmal wertvoller als wir. Wenn man nur dahin geht, auch ohne ein Buch zu holen, erhält man die Höchststrafe.«

Höchststrafe hieß: zu Tode geprügelt zu werden.

»Verstehe … Schade«, nickte Sasuke verständnisvoll.

»Das klingt aber interessant.«

Sakura tauchte plötzlich hinter Sasuke auf, als wäre sie zufällig vorbeigekommen, und sprach die beiden an.

»Ach, Frau Doktorin.«

»Dieses Buch über das Himmelsbild, das möchte ich auch gerne lesen. Ich wollte schon immer mehr über die Sterne erfahren. Jetzt, wo ich im Institut für Astronomie bin, ist eine gute Gelegenheit.«

»Es gibt auch viele andere Bücher über die Sterne. Das Buch Himmelsbild kann man aber leider nicht anschauen.«

»Dann schaue ich es mir heimlich nachts an. Leihen Sie mir bitte den Schlüssel.«

Penjira schaute Sakura sprachlos an.

»Ich möchte einmal ganz besondere, streng geheime Bücher lesen. Sicher spannend! Vielleicht steht im Buch, wann ein Meteorit auf diesen Planeten fällt oder so!«, plauderte Sakura arglos.

Penjira winkte abwehrend mit der Hand.

»Selbst Ihnen kann ich den Schlüssel nicht geben. Sonst werde auch ich bestraft.«

»Dann lassen Sie uns doch ein Spiel spielen!«

Das Wort »Spiel« versetzte Penjira in Spannung.

»Chinchiro oder Hanafuda oder was auch immer, was Sie mögen. Wenn ich gewinne, müssen Sie mir den Schlüssel zum Untergeschoss geben.«

»Aber … wenn die Aufseher Sie erwischen, werde ich auch bestraft …«

»Die Aufseher kommen nur selten hierher, oder? Ich lese es heimlich nachts und lege es danach sofort zurück. Bitte!«, flehte Sakura mit gefalteten Händen.

Penjira ging ein Weilchen unruhig umher, wobei er immer wieder seufzte und murmelte: »Was soll ich machen?« Aber dann hielt er inne und sagte: »Okay, spielen wir.«

»Mensch, das ist ja toll! Und was spielen wir?«

»Nicht Chinchiro. Ich hab gerade gegen Sasuke total verloren. Spielen wir ›Sternenketten‹.«

»Sternenketten?«

Sowohl Sakura als auch Sasuke hatten noch nie davon gehört.

»Ein Spiel, das in diesem Institut überliefert ist. Ich hole es.«

Als Penjira hinter den Bücherregalen verschwunden war, flüsterte Sasuke mit Sakura.

»Sakura, du musst nur so tun, als würdest du spielen. Sobald das Spiel beginnt, belege ich Penjira mit einer Genjutsu.«

»Nein, das können wir nicht machen. Ich möchte nicht falschspielen.«

Sasuke starrte Sakura mit großen verwunderten Augen an: »Das ist doch jetzt vollkommen egal.«

»Mach dir keine Sorgen. Immerhin bin ich die beste Schülerin von Meisterin Tsunade.«

Meisterin Tsunade war eine absolute Verliererin im Spiel, oder ...?

Sasukes Bedenken konnten Sakura nicht beirren, sie war vollkommen selbstsicher. Sie zog den weißen Arztkittel aus, drückte ihn Sasuke in die Hand, flüsterte »Ich pack's!« und schob die Ärmel hoch. Anscheinend war sie sehr motiviert.

Noch bevor Sasuke genau wusste, was er tun sollte, kam Penjira zurück. In den Händen hielt er eine prächtige vergoldete Kiste. Als er den Deckel öffnete, kamen Bildkarten zum Vorschein, die so groß waren wie übliche Spielkarten, aber im Verhältnis zur Größe der Kiste ziemlich klein erschienen.

»Bei Sternenketten muss man aus zwölf verschiedenen Karten bestimmte Kombinationen bilden.«

Penjira setzte sich im Schneidersitz auf den Boden und legte die Karten aufgedeckt vor sich hin.

»Vor ein paar Monaten haben ein paar Typen diese Kiste gefunden, als sie die Regale aufräumten. Sogar eine Anleitung war dabei. Auf den zwölf Karten haben wir zwölf verschiedene Bilder: Ein weißes Pferd, das im Meer schwimmt. Eine Katze, die in die Flamme einer Laterne starrt. Ein orangefarbenes Wachfeuer. Ein Affe, der mit einem Ast auf dem Boden zeichnet. Ein Schäfer, der durch eine Glaskugel zum Sternenhimmel hinaufschaut. Ein Rind, das in einen Topf hineinschaut. Ein Baumstamm, an dem ein sämiger Saft herabtropft. Ein Riese, der gerade aus der Erde geboren wird. Eine Schildkröte, die einen felsigen Berg hinaufklettert. Ein weißhaariger alter Mann mit einem Stock. Eine Marderhündin und ihr Kind, die auf einer Sanddüne spielen. Eine Kröte und eine Nacktschnecke, die im Sumpf kriechen.«

Die Motive auf den zwölf Karten unterschieden sich sehr – mal waren es Menschen, mal Tiere, mal Pflanzen. Alle Bilder waren mit prächtigen Farben gemalt, die aus Mineralpigmenten zu bestehen schienen. Das Muster der Rückseite war bei allen Karten gleich: eine Echse, die sich um einen Felsen schlängelte und an Menou erinnerte.

»Es gibt also zwölf Sorten Bildkarten. Von jeder Sorte gibt es fünf Blätter. Also insgesamt sechzig Karten. Davon bekommt jeder sechs. Dann tauscht man reihum einzelne Karten aus, genau wie beim Pokern, und erlangt so eine ›Hand‹. Das ist die Liste der verschiedenen ›Hände‹. An manchen Stellen ist die Tinte verfärbt, aber was nicht lesbar ist, ignorieren wir.«

Auf dem Zettel, den Penjira Sakura reichte, standen verschiedene Kombinationen der Karten, die eine »Hand« ergaben.

Die stärkste Hand, »Stern«, bestand offenbar aus diesen sechs Karten: einem weißen Pferd, einem Schäfer, einer Katze, einem Wachfeuer, einem Riesen und einer Schildkröte. In der Zeile darunter waren Spuren irgendwelcher Schriftzeichen zu erkennen, aber sie waren nicht mehr lesbar.

Die zweitstärkste Hand nach »Stern« hieß »Erde«, sie bestand aus einer Katze, einem Wachfeuer, den Marderhunden, der Kröte und der Nacktschnecke, einer Schildkröte und einem alten Mann.

Außer »Stern« und »Erde« gab es verschiedene weitere Hände wie »Abendrot«, »Flammen«, »Heiterer Himmel« und »Junge Blätter«. Aber anders als beim Pokern gab es offensichtlich keine Regeln, die es möglich machten, mit verschiedenen Karten-Kombinationen gleichrangige Hände zu erreichen. Für Anfänger musste es ziemlich schwierig sein, alle »Hände« auswendig zu lernen. Aber …

»Okay, ich hab alles verstanden. Spielen wir«, sagte Sakura unbekümmert und gab Penjira den Zettel zurück.

»Haben Sie mir zugehört? Bei dem Spiel muss man eine bestimmte Hand erreichen. Ein Anfänger sollte besser diesen Zettel bei sich behalten und immer wieder die Hände checken …«

»Ich habe sie mir schon gemerkt.«

»Häh?«

Sakura setzte sich im Fersensitz Penjira gegenüber, steckte ihre kirschblütenfarbenen Haare hinter den Ohren fest und streckte den Rücken durch. Sie schloss ihre katzenartigen Mandelaugen halb, schaute Penjira geradewegs in die Augen und sagte fast provozierend: »Fangen wir an.«

Sie wirkt irgendwie anders als sonst …

Penjira bemerkte, wie Sakura, die ihm aufrecht gegenübersaß, sich veränderte. Er grinste. Ihm waren bereits einige Menschen begegnet, die beim Spielen anders wirkten oder andere Seiten ihrer Persönlichkeit zeigten. Seiner Erfahrung nach waren solche Menschen wenig geeignet für Glücksspiele. Keine Gefühlsregungen zu zeigen war die eiserne Regel für ein erfolgreiches Spiel.

»Soll ich die Karten austeilen, weil ich näher am Eingang sitze und dadurch rangniedriger bin?«, fragte Sakura und nahm die Karten.

»Ja. Ab dem zweiten Spiel verteilt der Verlierer die Karten, aber wir spielen ja eh nur einmal.«

Penjira beobachtete genau, wie Sakura mit geschickten Handbewegungen, wie es einer Ärztin entsprach, die Karten mischte.

Für Penjira war die Ärztin nahezu die einzige Person in diesem Institut, die die Gefangenen wie Menschen behandelte. Obwohl sie noch neu war, vertrauten ihr bereits viele Gefangene. Sie hatte ein Opfer von Gewalttaten in der Krankenstation vor seinen Zellengenossen in Sicherheit gebracht, hatte für einen Rheumapatienten, der nicht körperlich arbeiten konnte, die Versetzung in den Innendienst beantragt. Solche Anträge wurden zwar vom Leiter abgelehnt, aber die Gefangenen tröstete allein schon ihr Bemühen.

Aber die Frau, die ihm jetzt gegenübersaß, war jemand anderes als die nette Ärztin, die er kannte.

Penjira untersuchte alle Karten, die Sakura ihm auf dem Boden entgegenschob.

Nicht schlecht. Unter den ersten sechs Karten sind ein alter Mann, eine Katze und eine Schildkröte. Wenn ich im Laufe der fünf Runden noch ein Wachfeuer, Marderhunde sowie Kröte und Nacktschnecke kriege, erreiche ich die zweitstärkste Hand »Erde«.

Er blickte kurz auf. Sakura lächelte, wobei sie ihre ersten Karten betrachtete.

»Bestimmt sind viele Spieler intelligent, oder?«

»Das gilt auch für Ärzte.«

Penjira legte drei Karten außer dem alten Mann, der Katze und der Schildkröte auf dem Boden ab und nahm drei Karten vom Stapel. Eine zweite Schildkröte, ein Rind und ein Wachfeuer. Das war ganz gut. Er hatte nun ein Paar Schildkröten, und auch der Hand »Erde« war er näher.

Dann war Sakura dran.

Sakura legte eine Karte ab und nahm dafür eine Karte vom Stapel. Und nach einer kurzen Überlegung legte sie noch eine zweite Karte ab und nahm auch dafür eine Karte vom Stapel.

Die zweite Runde, die dritte …

Irgendwann bildete sich eine Traube aus neugierigen Häftlingen um sie herum, die dem Spiel gespannt zuschauten.

Und schon kamen sie zur letzten Runde.

Penjira zögerte. Er hatte ein Paar Schildkröten, einen

alten Mann, eine Katze, ein Wachfeuer sowie die Kröte mit der Nacktschnecke.

Wenn ich eine Schildkröte ablege und dafür Marderhunde ziehe, erreiche ich die zweitstärkste Hand »Erde«. Aber dadurch verliere ich das einzige Paar, das ich habe, das Paar Schildkröten. Wenn ich eine Karte ziehe, welche ich gar nicht haben will, verliere ich damit die Chance, »Erde« zu erreichen. Was soll ich tun …?

Penjira überlegte, wobei er seine Karten anstarrte.

Seine Gegnerin war eine absolute Anfängerin, die erst gerade die Regeln gelernt hatte. Es schien ihm unwahrscheinlich, dass sie komplizierte Kombinationen wie die Hände »Stern« oder »Erde« im Kopf hatte und gezielt versuchen würde, sie zu erreichen.

Wahrscheinlich versucht sie, eine einfache Kombination wie ein »Paar« oder einen »Drilling« hinzukriegen. In dem Fall lege ich vielleicht besser alle Karten außer den beiden Schildkröten ab. Wenn ich dann noch eine Schildkröte ziehe, habe ich gleich einen »Drilling«. Selbst wenn ich keine Schildkröte ziehe, kann ich immer noch »Zwei Paare« hinkriegen, wenn ich zwei weitere gleiche Karten ziehe. Dann muss ich nicht extra versuchen, »Erde« zu erreichen, oder? Ich spare mir lieber die Nerven.

Penjira wollte vier Karten auf einmal ablegen. In diesem Moment schaute ihm Sakura in die Augen. »Lass dir Zeit«, sagte sie ruhig, was ihn beleidigte.

Penjira änderte seinen Plan. Er wollte nicht mehr einen vorsichtigen Kampf führen. Kein »Drilling«, keine »Zwei Paare«. Er wollte die Hand »Erde« erreichen und seiner Gegnerin eine Lektion erteilen.

Er legte eine Schildkröte ab und zog eine neue Karte vom Stapel.

Wenn das die Marderhunde sind, habe ich »Erde«. Aber … wenn das eine Karte ist, die ich nicht will, habe ich gar keine Hand.

Penjira schaute das Bild auf der Karte an und wäre beinah aufgesprungen.

Yeaaaah!

Die Karte zeigte das Bild einer Marderhündin und ihres Welpen, wie sie auf einer Sanddüne spielten. Er hatte die zweitstärkste Hand »Erde«.

»Ich muss keine Karten tauschen«, sagte Sakura. Auch sie schien irgendeine Hand erreicht zu haben.

Alle fünf Runden lagen hinter ihnen. Jetzt kam der Showdown. Der entscheidende Moment, wenn die Spieler ihre Karten aufdecken.

»Heulen Sie bloß nicht, okay?«, sagte Penjira aufgeregt und deckte mit einem Schwung seine Karten auf.

Alle Zuschauer fokussierten ihren Blick auf die sechs Karten. Dem Mann, der als Erster bemerkte, dass sie zusammen die Hand »Erde« ergaben, verschlug es den Atem.

»Meine Güte, ›Erde‹ …«

»Ist das stark?«, fragte Sasuke den Mann, der heftig nickte.

»Die zweitstärkste Hand. Um sie zu schlagen, muss man ›Stern‹ erreichen. Aber ›Erde‹ und ›Stern‹ bestehen zum Teil aus den gleichen Karten. Jetzt, wo Penjira schon ›Erde‹ hat, ist es unwahrscheinlich, dass die Frau Doktorin ›Stern‹ erreicht.«

Das heißt, Sakura hat verloren …

Sasuke betrachtete das Profil seiner Frau, die selbst jetzt weiter ein Pokerface zeigte.

Sakuras Finger deckten ihre Karten auf. Die erste – Marderhunde.

Man hörte ein paar Zuschauer seufzen. Zur Hand »Stern« gehörten keine Marderhunde. Sakura schien das Spiel verloren zu haben.

Es geht nicht anders. Spielen ist immer auch Glückssache. Ich belege alle Anwesenden mit einer Genjutsu und nehme mir das Buch.

Sasukes Pupillen färbten sich langsam rot.

Plötzlich grinste Sakura. Mit flinken Fingern deckte sie die restlichen fünf Karten eine nach der anderen auf. Eine Schildkröte, ein alter Mann, eine Katze, ein Wachfeuer sowie die Kröte mit der Nacktschnecke. Diese Kombination ergab …

»Erde!«, rief jemand unter den Zuschauern völlig verblüfft.

Karten mit den gleichen Kombinationen lagen in zwei Reihen auf dem Fußboden. Sakuras Hand ergab auch »Erde«, genau wie Penjiras. Das hieß, das Spiel war unentschieden.

Wie ist es möglich, dass die beiden gleichzeitig diese seltene Kombination »Erde« erreicht haben?, fragten sich alle.

»Falschspiel …«, murmelte Penjira.

»Ach, glauben Sie? Möchten Sie mich untersuchen?« Sakura hob mühelos ihre Arme und legte den Kopf unvergleichlich sanft ein wenig zur Seite. Ihre kirschblütenfarbenen Haare glitten über ihre Wangen und ihre blau-grünen Augen blickten Penjira amüsiert und leicht herausfordernd an.

Penjira schwieg.

Nur wenn man einen Betrug auf frischer Tat aufdeckte, galt er als Betrug, sonst nicht – so lautete die Regel hier.

Dreißig Minuten waren seit Beginn des Spiels vergangen. Penjira war nass geschwitzt. Hinter sechs fächerförmig gehaltenen Karten starrten ihn von kirschblütenfarbenen Wimpern gerahmte Augen an. Er senkte den Kopf, um den Blickkontakt zu meiden. Schweiß tropfte von seiner Schläfe auf seine Karten.

Sie hatten jetzt fünf Runden gespielt, und das Ergebnis war ein 0 zu 0. Alle fünf Spiele waren unentschieden ausgegangen. Sakura, die jedes Mal als Zweite ihre Karten aufdeckte, hatte fünf Mal nacheinander die gleiche Hand wie Penjira erreicht.

Das kann nicht sein. Sie betrügt bestimmt.

Penjira beobachtete jede Handbewegung von Sakura, sobald sie die Karten berührte. Aber er fand überhaupt nichts Verdächtiges. Außerdem war ihm unverständlich, warum sie das Spiel unentschieden enden ließ, statt zu gewinnen, falls sie auf irgendeine Weise die Karten manipulierte.

»So, jetzt kommt der Showdown. Du bist zuerst dran«, tönte Sakuras gleichmütige Stimme.

Hoffentlich entscheidet sich das Spiel in dieser Runde nun endlich!

Mit diesem Wunsch deckte Penjira seine Karten auf.

Ein alter Mann, ein Schäfer, zweimal Marderhunde und zweimal Schildkröte.

Die Hand mit zwei Paar Tier-Karten hieß »Theia«. Eine gute Hand, aufwärtskompatibel; aber ihn kümmerte es nicht mehr, wie stark seine Hand war. Er hoffte nur noch, dass das Spiel entschieden würde.

»Wieder unentschieden. Was für ein Zufall«, Sakura lächelte, als ob sie alles durchschaute, und deckte ihre Karten auf.

Penjiras ganze Kraft fiel in sich zusammen.

Ein alter Mann, ein Schäfer, zweimal Marderhunde

und zweimal Schildkröte. Genau die gleiche Kombination wie Penjiras Karten, wie ein Spiegelbild.

»Also unentschieden …«, Penjira seufzte tief mit dem ganzen Körper.

»So ein Zufall. Wir verstehen uns offenbar gut.«

Das sechste Unentschieden. Sakura klopfte mit dem Kartenstapel auf den Boden, mischte die Karten neu und fragte lächelnd: »Wollen wir noch mal spielen?«

»Nein. Ich habe verloren«, erklärte Penjira plötzlich und stand auf.

Egal wie oft wir noch spielen, das Ergebnis wird jedes Mal das gleiche sein. Ich kann diese Frau weder besiegen noch von ihr besiegt werden. Sie ermüdet mich nur Schritt für Schritt, spielend und lächelnd, bis ich meiner Kräfte völlig beraubt bin.

»Einen Moment«, sagte Penjira, und verschwand hinter den Bücherregalen. Nach einer kurzen Weile kam er mit einem Messingschlüssel zurück, den er an einer Fingerspitze trug.

»Hier. Der Generalschlüssel fürs Untergeschoss. Wenn Sie fertig sind, geben Sie ihn mir sofort zurück. Wenn die Aufseher entdecken, dass der Schlüssel verschwunden ist, bekommen alle im Bibliotheksdienst die Höchststrafe.«

»Alles klar, ich gebe ihn sofort zurück. Danke.«

Als Sakura gerade den Schlüssel nehmen wollte, zog Penjira die Hand zurück und fügte hinzu: »Auch wenn der Titel im Katalog steht, könnte dieses Buch, der Himmel oder so, doch nicht da sein.«

»Warum? Im Katalog stehen doch die Bücher, die hier sind, oder?«

»Ja, schon. Aber trotzdem können manche Bücher fehlen. Sie wissen sicher auch, dass die Bücher im Königspalast aufbewahrt waren, solange dieses Institut renoviert wurde. Damals sind viele Bücher verschwunden.«

Fein, dass du das erst jetzt sagst!

Penjira verstand Sasukes kritischen Blick falsch und zuckte leicht mit den Schultern.

»Ja, das ist schlimm! Die Leute im Königspalast wussten wohl nicht, wie wertvoll die Bücher sind. In der Chronik soll stehen, dass ein Botschafter aus irgendeinem Land vor mehr als zehn Jahren ganz viele Bücher zu irgendeinem bestimmten Thema mitgenommen haben soll. Aber bisher soll keins davon zurückgegeben worden sein.«

»Bücher zu einem bestimmten Thema? Was für ein Thema denn?«, fragte Sakura.

»Sie kennen Rikudo Sen'nin aus den Märchen, oder? Die Bücher über verbotene Künste, die aus seiner Zeit überliefert waren. Sie durften eigentlich nicht ausgeliehen werden, aber der letzte König war zu nett und hat dem Botschafter so viele Bücher geliehen, wie dieser wollte. Ach ja, er hatte einen komischen Namen. Orochimaru oder so ...«

Der Name überraschte Sasuke und Sakura. Sie warfen sich vielsagende Blicke zu. Es schien ihnen sehr wahrscheinlich, dass dieser »Orochimaru« jener Orochimaru war, den sie nur zu gut kannten. Jener Schlangenmann, der immer überraschend irgendwo plötzlich auftauchte, konnte durchaus sogar in diesem so weit von Hi-no-Kuni entfernten Land unterwegs gewesen sein.

Aber wenn dem so war – Sasuke und Sakura fragten sich: *Wofür war er so weit gereist, bis ins Land Redaku?*

Später in der Nacht ...

Sasuke verließ heimlich die Zelle, als Jiji, Penjira und Ganno eingschlafen waren, und trat in den Innenhof. Vor der Bibliothek traf er Sakura.

»Du hast den Schlüssel, oder?«, fragte Sasuke.

»Natürlich«, sagte Sakura uund klimperte neben ihrem Ohr mit dem glänzenden Schlüssel. Die beiden wollten ins Untergeschoss gehen, um das Buch »Himmelsbild« zu holen. Sie hofften sehr, es wirklich zu finden.

Sie öffneten die verwitterte Messingtür und betraten die Bibliothek. Als sie die Tür wieder hinter sich schlossen, war es ganz dunkel. Es gab kein Licht in der Bibliothek. Die beiden schufen mit einer Katon-Kunst auf ihren Handflächen kleine Feuer und gingen im schwachen Schein des Lichtes weiter, Sasuke voran.

»Sag mal, schläft Jiji nachts richtig?«, fragte Sakura plötzlich.

»Als ich die Zelle verlassen habe, schlief er ganz tief. Warum?«

»Er kommt oft zu mir. Mal wegen Kopfschmerzen, mal wegen Bauchschmerzen, aus verschiedensten Gründen. Aber ich finde keine Erkrankung. Wahrscheinlich sucht er nur Ausreden, um die Arbeit zu schwänzen. Aber ein wenig mache ich mir Sorgen.«

»Er stellt sich nur krank. Der ist so was von fit«, sagte Sasuke. Er fühlte sich plötzlich auf seltsame Weise gereizt.

Selbst Jiji würde nicht versuchen, Sakura näherzutreten. Er weiß ja, dass sie meine Frau ist. Nein, ausgeschlossen.

Aber dann erinnerte er sich an Jijis Worte: »Machst du dir keine Sorgen, jemand wie ich könnte versuchen, sie anzumachen?«

Sasuke blieb plötzlich stehen.

»Hm? Was ist, Sasuke?« Sakura blieb hinter Sasuke ebenfalls stehen und schaute fragend auf seinen Rücken.

Sasuke drehte sich schweigend um, ergriff Sakuras Hand, berührte den Ansatz ihres Ringfingers und schmiedete Chakra. Das Chakra bekam Substanz, wandelte sich zu Sand, der wie das Ringsystem des Saturns um Sakuras Ringfinger schwebte. Im Nu entstand ein Fingerring aus Sand, der sich abschließend mit einem hohen klaren Ton in einen Silberring verwandelte.

»Trag das«, sagte Sasuke barsch und ließ Sakuras Hand wieder los.

»Was ist …«

Sakura streckte ihre Finger und betrachtete überrascht den Ring an ihrem Finger, der aus dem Nichts aufgetaucht war.

Der glänzende Ring war aus Silber. Der große Edelstein in der Fassung war ein Rubin. Beide Materialien entstehen, wenn man die Reinheit mancher Substanzen in der Erde, die durch eine Doton-Kunst erzeugt wird, bis zum Limit erhöht. Offenbar hatte Sasuke geschickt mit einer angewandten Doton-Kunst einen Instant-Fingerring geschaffen. Ein Ring am Ringfinger als Zeichen dafür, verheiratet zu sein.

»Danke.«

Sasuke drehte sich sofort nach vorn um, als habe er Sakuras schüchterne Stimme nicht gehört, und ging wieder voran.

Sakura presste ihre Handflächen gegen die heißen Wangen, während auch sie sich wieder in Bewegung setzte. Der schnell gemachte Fingerring war etwas verbogen. Aber sein Glanz schien ihr klarer und schöner als der jedes Sterns, jedes Wassertropfens. Sasuke hatte mit vollem Einsatz seiner Chakra-Kontrolle einen Edelstein von solcher Reinheit und Transparenz geschaffen, wie sie kein Naturedelstein erreichte.

Bist du vielleicht … eifersüchtig, Sasuke?, … hätte Sakura gerne gefragt. Aber sie wusste, er würde auf gar keinen Fall darauf antworten.

Sakura betrachtete den roten Stein, der ihren Ringfinger zierte, und lächelte still.

Schweigend gingen sie durch die Regalreihen und stießen nach einer Weile auf die Tür zum hinteren Raum der Bibliothek. Als Sakura den von Penjira ausgeliehenen Schlüssel ins Schloss steckte, bewegten sich die Federn im Inneren knackend nach oben und die Tür ging auf.

»… Als du gestern mit Penjira gespielt hast …«, fragte Sasuke gehemmt, wobei er die Tür ganz aufschob. »Wie hast du es geschafft …?«

»Ach, ähm …«, Sakura hatte auf den Ring an ihrem Finger geschaut, aber schnell senkte sie die Hand und machte ein ernstes Gesicht. »Ich habe nicht betrogen. Ich habe mich sehr angestrengt.«

»Angestrengt? Wobei?«

»Beim Auswendiglernen.«

Hinter der Tür befand sich die Treppe zum Untergeschoss.

»Die Karten sind ja sehr alt ...«, fuhr Sakura fort, als sie die Ziegeltreppe eine Stufe nach der anderen hinabstiegen. »Eine Karte hat eine verbogene Kante, die andere ist an einer Stelle beschädigt ... Jede Karte sieht ein bisschen anders aus. Darum habe ich mir ganz am Anfang alle Karten eingeprägt, indem ich so tat, als betrachtete ich die Bilder der Karten.«

»Alle sechzig Karten?«

»Ja. Aber zu Anfang war ich besorgt, weil ich mich an manche Karten noch nicht ganz erinnerte. Diese Technik habe ich gelernt, als ich bei meiner Meisterin trainierte.« Sakuras Stimme klang wehmütig. »Meisterin Tsunade ist eine extrem schwache Spielerin, aber sie gibt nie auf, nicht wahr? Ich habe sie anfangs absichtlich siegen lassen, aber dann wollte sie immer weiterspielen. Nur wenn ein Spiel nach dem anderen unentschieden ausging, verlor sie schließlich die Lust und sagte mit bleichem Gesicht: ›Hören wir auf.‹«

Sie wollte aufhören, nicht weil sie die Lust verloren, sondern weil sie Angst bekommen hatte ... Als Sasuke noch überlegte, ob er diesen Gedanken aussprechen sollte, waren sie im Untergeschoss angekommen.

In den von Staub und Spinnennetzen überzogenen Regalen steckten nachlässig angeordnet allerlei unterschiedlichste Dokumente – große und kleine, Schriftrollen und gebundene Bücher. Offenbar wurden sie nicht besonders pfleglich behandelt, obschon sie nicht ausleihbar waren und unter strenger Kontrolle standen.

Um mögliche Fallen zu entdecken, berührte Sakura die Wand neben sich, setzte ihr Chakra frei und leitete es auf die gesamte Oberfläche des Gebäudes weiter. Beobachtete man nun, wie sich das Chakra ausbreitete, konnte man grob die Strukturen des ganzen Gebäudes erkennen.

»Hm …?«

»Was ist?«

»Scheinbar gibt es noch einen Raum hinter der Wand da drüben«, Sakura lenkte den Blick auf die Wand hinter den Regalen. In dieser Richtung stand das Hauptgebäude.

Sakura schloss ihre Augen und konzentrierte sich auf den Fluss des Chakras. Diese Technik, durch anorganische Substanzen das Chakra fließen zu lassen, um die Struktur eines Gebäudes zu untersuchen, beherrschte nur Sakura, deren Chakra-Kontrolle besonders gut war.

»Ich sehe eine Wendeltreppe. Sie führt zu einem Raum im dritten Stock … zum Zimmer des Leiters.«

»Ich habe im Hauptgebäude keine Treppe zum Untergeschoss gefunden. … Das heißt, es gibt ein geheimes Kellerzimmer unter dem Hauptgebäude, und es ist genau neben der Bibliothek.«

Ein Kellerzimmer, das man nur vom Zimmer des Leiters erreichen konnte – das musste ein Geheimzimmer sein.

»Verdächtig. Wahrscheinlich versteckt er dort etwas Wichtiges.«

»Untersuchen wir das später. … Hoffentlich hat es etwas mit den Zenit-Partikeln zu tun.«

Das mysteriöse Kellerzimmer beschäftigte sie zwar, aber zuerst mussten sie das Buch »Himmelsbild« bekommen. Sakura löste ihre Hand von der Wand, ging zwischen den Bücherregalen herum und suchte das im Katalog genannte Regal.

»Ah, ich hab es! Das ist das Buch!«

Was sie aus dem Regal »I« zog, war ein schulterbreiter, großer Foliant. Der ungemusterte Einband war tiefblau wie der Abendhimmel. Dass er sich etwas rau anfühlte, lag wahrscheinlich daran, dass er mit Mineralpigmenten bemalt war. Auf dem Buchrücken stand tatsächlich »Himmelsbild« in vergoldeten Schriftzeichen.

»Hoffentlich hilft uns das Buch weiter …«, flüsterte Sakura und schlug den Buchdeckel auf. Sie erstarrte.

»Sai?«

Eine Tuschmalerei war auf der ersten Seite. Es war also nur zu verständlich, dass Sasuke, der hinter Sakura ins Buch schaute, unwillkürlich den Namen des Kameraden gemurmelt hatte. Eine Marderhündin und ihr Welpe, die auf einer Sanddüne zusammen herumtollten, waren mit fließenden Pinselstrichen gemalt.

Sakura roch vorsichtig an dem Papier. Neben dem gräsernen Geruch von Leim roch es nach angebranntem Öl. Ein Geruch, den sie gut kannte – sie hatte ihn jedes Mal wahrgenommen, wenn sie zusammen mit Sai bei einer Mission im Einsatz gewesen war. Man hatte wohl einen Tuschstein aus Lampenruß und Leim mit Wasser verdünnt und damit dieses Bild gemalt. Eine Maltechnik, die auch in Hi-no-Kuni überliefert war.

Aber soviel die beiden wussten, existierte diese Maltechnik nicht im Lande Redaku.

»Das Buch ist ... außerhalb des Landes hergestellt worden? Oder hat ein Besucher aus einem anderen Land das hier gemalt?«

»Ein Besucher, der in uralten Zeiten hier weilte ...«

Den beiden kam derselbe Mensch in den Sinn – Rikudo Sen'nin.

Vielleicht hatte er in diesem Land diese Bilder gemalt. Seitdem hatte sich seine Technik der Tuschmalerei in verschiedenen Ländern, darunter Hi-no-Kuni, verbreitet und war bis heute weiter überliefert worden. Aber in Redaku war sie in Vergessenheit geraten – eine Hypothese nur, aber keine unwahrscheinliche, angesichts der historischen Tatsache, dass dieses Institut für Astronomie jahrelang vergessen worden war.

Auf der ersten Seite waren die spielenden Marderhunde mit Tusche gemalt. Auf der folgenden Seite ein Riese. Auf der darauffolgenden Seite ein Wachfeuer. Danach eine Katze, danach ein Affe, ein Rind, ein alter Mann, ein Schäfer ...

»Die gleichen Motive wie auf den Karten der ›Sternenketten‹«, murmelte Sasuke, als er das Buch bis zur letzten Seite durchgeschaut hatte. »Eine Marderhündin und ihr Welpe, die auf einer Sanddüne spielen. Ein Riese, der gerade aus der Erde geboren wird. Ein emporloderndes Wachfeuer. Eine Katze, die in die Flamme einer Laterne starrt. Ein Affe, der mit einem Ast auf dem Boden zeichnet. Ein Rind, das in einen Topf hineinschaut. Ein weißes Pferd, das im Meer schwimmt. Ein weißhaariger alter Mann mit einem Stock. Ein Schäfer, der durch eine Glaskugel in den Sternenhimmel schaut. Eine Schildkröte, die einen felsigen Berg hinaufklettert. Eine Kröte sowie eine Nacktschnecke, die im Sumpf kriechen. Und der Baumstamm, an dem sämiger Saft herabtropft.«

Die Motive der Tuschmalerei-Bilder auf den zwölf Seiten waren tatsächlich gleich wie bei den Karten der »Sternenketten«.

»Aber ich verstehe das nicht. Was haben diese zwölf Bilder mit dem Ort zu tun, wo die Zenit-Partikel sind?«, Sakura berührte mit der Fingerspitze das Papier, in das die Tusche gesickert war, hielt aber plötzlich mitten in der Bewegung inne – genau betrachtet, waren auf den Bildern überall verstreut winzige Punkte zu erkennen, die aussahen wie mit der Pinselspitze gemalt. Und alle Motive wie Marderhunde oder die Schildkröte waren aus Strichen, die diese Punkte miteinander verbanden.

»Das sind nicht bloß Bilder, sondern Sternbilder.«

»Sternbilder?«

»Bilder von Pflanzen oder Tieren oder anderen Figuren, die nah beieinanderstehende Sterne darstellen. Auch in Hi-no-Kuni sind sie ja bekannt. Zum Beispiel der Stier oder der Widder ... Du bist am 23. Juli geboren. Darum bist du ein Löwe.«

Sakura öffnete die Seite, auf der die Nacktschnecke gemalt war. An der Spitze des Fühlers der Nacktschnecke standen fünf kleine Punkte im Zickzack: »Schau dir mal diese fünf Punkte an. Sie sehen ganz ähnlich wie der ›Zwergbär‹ aus.«

»Zwergbär« nannte man in Hi-no-Kuni eine Gruppe von fünf Sternen, die man vom Frühling bis in den Sommer sehen konnte. Diese fünf Punkte auf dem Bild schienen tatsächlich dem gewundenen Sternenzug zu gleichen, der für den »Zwergbär« charakteristisch war.

»Verstehe ... Den Zwergbär kann man vom Ende des Frühlings bis zum Sommer beobachten. Diese Nacktschnecke ist also ein Sternbild, das in diesem Zeitraum irgendwo zu sehen ist.«

»Es gibt zwölf Tuschmalereien. Sie zeigen vielleicht die Sternbilder, die an jedem Monat vom Januar bis Dezember am Himmel zu sehen sind. Wenn wir sie zuordnen, finden wir vielleicht neue Hinweise.«

»Zuordnen … Das kostet Zeit.«

Redaku ist weit entfernt von Hi-no-Kuni. Von hier sieht man den nächtlichen Sternenhimmel ganz anders …

Sasuke zog skeptisch die Augenbrauen zusammen.

»Nein, das geht schnell«, sagte Sakura rasch und schaute sich nach den Dokumenten um, die im ganzen Raum gestapelt waren.

»Hier werden viele Chroniken astronomischer Beobachtungen aufbewahrt. Wenn ich diese Chroniken durchsehe, kann ich sicherlich spätestens in zwei Tagen herauskriegen, in welcher Reihenfolge diese Bilder gemalt wurden. Welches Bild in welchem Monat.«

»Auf dich kann man sich echt verlassen«, sagte Sasuke beeindruckt und wandte sich noch einmal dem auf dem Lesetisch liegenden Buch zu.

Er war sicher, dass Sakura feststellen würde, wann und in welcher Reihenfolge diese Bilder gemalt worden waren. Aber ihn beschäftigte auch, was auf den Bildern dargestellt war.

Ein Riese.

Marderhunde.

Eine Katze.

Ein Affe.

Ein Rind.

Eine Schildkröte.

Ein weißes Pferd.

Eine Kröte und eine Nacktschnecke.

Ein Schäfer, ein alter Mann. Und ein Baumstamm sowie ein Wachfeuer.

All das kam ihm bekannt vor. Nicht nur von den Karten der »Sternenketten«. Noch früher, vor langer Zeit, hatte er irgendwo gesehen, wie ein alter Mann, eine Katze, eine Schildkröte und ein Affe beisammen waren ...

»Was ist, Sasuke?«

»Nichts ...«

Als Sasuke das Buch zuklappen wollte, sah er etwas zwischen dem hinteren Buchdeckel und den letzten Seiten herausragen.

»Hm?«

Ein zweifach gefaltetes Holzschliffpapier. Eine kurze Bemerkung war in kursiver Handschrift lässig notiert: »Am x. Tag des x. Monats: Wir haben einen Stern mehr.«

Unverständlich.

Aber nicht so sehr die Worte, sondern das darunter gezeichnete Bild zog die Aufmerksamkeit der beiden auf sich.

Es war ein Bild, das sie zu gut kannten. Jeder, der im Dorf Konohagakure offiziell als Ninja anerkannt war, trug dieses Zeichen am Körper. Und zwar an möglichst auffälliger Stelle.

Sie hatten in der Akademie gelernt, dass das Zeichen seinen Ursprung darin hatte, dass die Ninja ein Laubblatt auf ihren Kopf legten, wenn sie übten, ihre Energie zu konzentrieren: das Zeichen des Dorfes Konohagakure. Es bestand aus einem Blatt und einem Wirbel.

»Warum … steht hier Konohas Zeichen?«

Sprachlos sahen die beiden einander an.

Nie hätten sie gedacht, dass sie das Symbol ihres Dorfes in diesem Institut finden würden, das von ihrem Zuhause meilenweit entfernt war. Und zwar in einer uralten astronomischen Aufzeichnung.

Dieser Satz, dass es noch einen Stern gab; das Zeichen Konohas; und das Institut für Astronomie. Weder Sakura noch Sasuke erkannten einen Zusammenhang zwischen diesen drei Elementen, die so grundverschieden erschienen.

Am folgenden Morgen …

Im Korridor auf dem Weg zum Speisesaal drückte Sakura Sasuke beim Vorbeigehen unauffällig einen Zettel in die Hand. Sasuke verzog sich in eine Ecke, wo er ungestört war, und öffnete ihn. Die Sternbilder aus dem Buch Himmelsbild waren in der Reihenfolge der Monate neu angeordnet. Sakura hatte über Nacht die Zeiträume herausgefunden, in denen die Sternbilder beobachtet wurden:

JANUAR: Eine Marderhündin und ihr Kind, die auf einer Sanddüne spielen.

FEBRUAR: Eine Katze, die in die Flammen einer Laterne starrt.

MÄRZ: Eine Schildkröte, die einen felsigen Berg hinaufklettert.

APRIL: Ein Affe, der mit einem Ast auf dem Boden zeichnet.

MAI: Ein weißes Pferd, das im Meer schwimmt.

JUNI: Eine Kröte und eine Nacktschnecke, die im Sumpf kriechen.

JULI: Ein Baumstamm, an dem sämiger Saft herabtropft.

AUGUST: Ein Rind, das in einen Topf hineinschaut.

SEPTEMBER: Ein orange loderndes Wachfeuer.

OKTOBER: Ein Riese, der gerade aus der Erde geboren wird.

NOVEMBER: Ein Schäfer, der durch eine Glaskugel in den Sternenhimmel schaut.

DEZEMBER: Ein weißhaariger alter Mann mit einem Stock.

Zu den Monaten Januar bis August standen Tiere und eine Pflanze, der Baum, in Bezug. Zum September gehörte das Wachfeuer, also Flammen. Zum Oktober ein Riese. Und zum November und zum Dezember gehörten Menschen, der Schäfer und der alte Mann.

Auf der hinteren Seite des Zettels stand noch eine kurze Nachricht: »Morgen um 14 Uhr in der Bibliothek«.

KAPITEL 4

Tagein, tagaus standen die Strafgefangenen bei Sonnenaufgang auf, würgten das Frühstück hinunter und schleppten sich mit müden Gesichtern zur Arbeit. Und bei Sonnenuntergang kehrten sie nach dem Abendessen und dem Duschen in ihre Zellen zurück. Ein genormter Ablauf ohne Spielraum. Und trotzdem fanden die Gefangenen in diesem strikt geregelten Tagesplan kleine Zwischenzeiten für ihre eigenen Beschäftigungen; für irgendetwas, was sie von der Kontrolle durch die Macht befreite.

Für Penjira war es das Glücksspiel. Für Ganno das Bemalen seiner Zehennägel. Und für Jiji war es das Raten, ob Menou auftauchen würde oder nicht.

»Oh, juchuu! Heute habe ich wieder richtig geraten!« Jedes Mal, wenn Jiji die Dielen im Flur knirschen hörte, jubelte er aufgeregt. »Ich habe zehn Tage nacheinander richtig geraten!«

»Jijis sechster Sinn ist nicht zu unterschätzen. Zum ersten Mal nach drei Tagen ist Menou heute Abend aufgetaucht«, sagte Ganno, wobei er wie stets hockte und seine ganze Aufmerksamkeit seinen Zehennägeln schenkte.

Zu raten, ob Menou am Abend im Mehrzweckbau Streife laufen würde – ein vollkommen harmloser Zeitvertreib und nicht viel anders, als wenn man auf der Straße rät, ob eine Frau oder ein Mann als Nächstes um die Ecke kommt. Aber da Jiji erstaunlich oft richtig riet, waren sowohl Ganno als auch Penjira gespannt, wie weit sein Rekord noch gesteigert werden konnte. Anders als die Aufseher, die tagtäglich um bestimmte Zeiten kamen, kam Menou nur unregelmäßig.

»Ich weiß ganz gut über Tiere Bescheid. Meine Freundin ist gerne geritten und hat mir viel über Pferde beigebracht«, sagte Jiji.

Penjira merkte, dass Menou sich näherte, und zog sich rasch in eine Ecke der Zelle zurück. Als Spieler ging er zwar Risiken ein, war ansonsten aber ein ängstlicher Mensch. Er wollte Menou nicht einmal sehen: »Jiji, wie kannst du ein Spiel mit Menou treiben? Hast du keine Angst?«

»Dummkopf! Es gibt nichts zu befürchten. Menou greift uns nicht an, solange wir keine Regeln brechen.«

Im Schein der Papierlaterne in der Zelle erschien ein großer Schatten. Wie es sich für einen Wächter gehörte, stapfte Menou mit großen Schritten vorüber.

»He, schaut mal!«

Jiji griff zu einem der Zweige, die Ganno statt Pinseln benutzte. Durch einen Spalt zwischen den Eisengittern steckte er den Zweig und schüttelte die Blätter in Richtung Menou.

Menou richtete langsam seinen Blick auf den Zweig. Zum Auf und Ab des Zweiges bewegten sich auch seine gelben Reptilienaugen.

»Komm her«, flüsterte Jiji freundlich.

Menou rückte langsam an das Eisengitter heran. Er schnurrte einmal und stupste mit seiner Nasenspitze an ein schwankendes Blatt. Als ob eine Katze mit einem Federwedel spielte.

»Er ist wirklich gekommen ...«, sagte Penjira erstaunt. »Wie schaffst du das?

»Er rollt sich oft unter dem Mandelbaum zusammen, obwohl er keine Mandeln frisst. Wahrscheinlich mag er den Geruch. Vielleicht können wir ihn anfassen.«

»... Was? Anfassen? Ich?!«, Penjira spürte Jijis Blick auf sich gerichtet und sprang beiseite. »Nein, nein, nein, niemals! Ich will keinen Arm verlieren.«

»Und du, Sasuke?«

»Ich will nicht auch noch meinen rechten Arm verlieren.«

»Ihr seid nicht nett«, seufzte Jiji und schaute zu Ganno.

»Das geht wirklich, ja?«, fragte Ganno skeptisch, legte seinen Zweig-Pinsel aber zur Seite und stand auf.

Vorsichtig streckte Ganno seinen braun gebrannten mageren Arm durch den Spalt im Eisengitter. Die Spitzen seiner knochigen Finger berührten Menous flache Stirn. Zwei, drei Mal streichelten die Fingerspitzen über die schuppige harte Haut. Menous schmale Pupillen schienen etwas runder.

»Oh … stark …«, erschüttert weiteten sich auch Penjiras Augen.

»Sasuke, probierst du es auch?«, fragte Ganno.

»Nein, danke«, Sasuke schüttelte leicht den Kopf. Falls Menou sich daran erinnerte, dass Sasuke ihm in den Bauch gestochen hatte, könnte er Sasuke womöglich aus Rache beißen.

»Ich möchte es doch probieren …«, Penjira stand langsam auf. Er wurde offenbar mutig, nachdem Ganno es geschafft hatte.

»Bitte.«

Ganno machte Penjira Platz. Penjira näherte sich zögernd der Tür und fasste durch das Gitter. Seine Fußspitze überschritt knapp die Grenze zwischen der Zelle und dem Flur.

In diesem Moment riss Menou seine Augen weit auf.

»Komm zurück!«

Noch bevor Sasuke sich bewegte, griff Jiji nach Penjiras Schulter und riss ihn mit einem Schwung zurück. Gleichzeitig stieß Menou, der gerade Penjira angreifen wollte, krachend gegen das Eisengitter. Durch einen Spalt zwischen den Gitterstäben stießen Menous Krallen gegen die in der Nähe stehende Papierlaterne.

»Gyaaa!«

Das heiße Öl spritzte direkt auf Menous Bauch. Das Tier sprang brüllend weg und rannte fluchtartig durch den Flur davon.

Der Ölteller der Laterne war in Stücke zerbrochen, aber zum Glück griffen die Flammen nicht um sich, sondern erloschen auf dem kalten Boden sofort von selbst.

Penjira, der zu Boden gestürzt war, richtete sich mit blassem Gesicht auf.

»Huuuh ... Ich bin so erschrocken ...«

»*Ich* bin erschrocken, Dummkopf!«, sagte Jiji und klopfte leicht gegen Penjiras Kopf.

Vor Erleichterung begann Penjira zu zittern.

»Warum ... hat er mich plötzlich angesprungen? Er war doch so ruhig ...«

»Wegen deinem Fuß. Die Fußspitze war schon außerhalb der Zelle.«

Sasuke beantwortete Penjiras Frage, wobei er die Scherben des Öltellers aufsammelte. In der Zeit vor der Nachtruhe konnte man alles machen, was man wollte, solange man in der Zelle blieb. Aber trat man auch nur einen Schritt aus der Zelle, wurde man wegen des Regelverstoßes bestraft.

»Häh? Deswegen? Man darf die Hände ausstrecken, aber nicht die Füße?«

»Man darf nicht aus der Zelle ›treten‹. Und das erkennt Menou offenbar daran, ob der Fuß auf dem Boden außerhalb der Zelle steht«, erklärte Jiji.

»Danke, Jiji. Ohne dich hätte mich Menou im Gesicht getroffen und ich wäre tot«, erwiderte Penjira mit tief geneigtem Haupt.

»Entschuldige dich bei Menou. Als er die Ölspritzer abbekommen hat, hat er fürchterlich geschrien.«

»Auch bei mir. Du hast wertvolles Öl vergeudet ...«, Ganno kroch auf allen vieren genervt umher und saugte verschüttetes Öl mit Papier auf. Sasuke füllte im Teller Öl nach und als niemand hinschaute, zündete er es mit einem Blitz durch Chidori an, anstatt mühsam Feuersteine zu schlagen.

An der Spitze des Dochts, der sich voll Öl gesaugt hatte, flackerte eine orangefarbene Flamme. Der Schatten der Flamme erinnerte Sasuke an den Feuer-Schatten – den Hokage Naruto. Und auch an Kurama.

»Was habt ihr angestellt? Es hat fürchterlich gekracht.«

Ein Aufseher kam vorbei. Während Jiji und Penjira behaupteten, sie hätten nur gestritten, starrte Sasuke in die Flammen der Laterne.

Unter den zwölf Sternbildern gab es ein Wachfeuer. Im Buch »Himmelsbild« war es schwarz weiß mit Tusche gemalt, aber auf den Karten des Spiels »Sternenketten« war es in einem prächtigen Orange gemalt und erinnerte stark an die Farbe von Kuramas Fell. Und die lodernden Flammen sahen aus wie neun aufgeschlagene Schwänze ...

Genau wie ...?

Sasuke blinzelte und starrte das Licht der Laterne an. Ein kleines, orangefarben brennendes Licht, das durch Sauerstoff überlebt. Die kleinen Flammen vor seinen Augen waren dem Wachfeuer auf der Karte gar nicht ähnlich. Gleich war nur ihre Farbe. Die orange Farbe des Lichtes, das durch Sauerstoff brannte.

Nicht nur Flammen sind orange auf dieser Welt ...

Ist das Sternbild zum September auf der Karte wirklich ein Wachfeuer? Oder ist das vielleicht gar kein Wachfeuer, sondern sind es neun Fuchsschwänze ...?

14 Uhr, Bibliothek ...

»Die Biju«, sagte Sasuke sofort, als er unauffällig den Arbeitsplatz verlassen hatte und sich hinter einem Bücherregal auf der Westseite der Bibliothek heimlich mit Sakura traf.

»... Hä?«

Sasukes Direktheit war Sakura gewohnt. Aber jetzt, als er ohne jede Vorbemerkung sofort zur Sache kam, konnte sie nicht gleich folgen.

»Es geht um die Sternbilder im Buch Himmelsbild. Zehn der zwölf Sternbilder weisen auf die Biju hin.«

»... Ach!«

»Die Marderhündin und ihr Kind, die auf einer Sanddüne spielen, stehen für das Ichibi. Shukaku in Gestalt eines Marderhundes. Die Katze, die in die Flammen einer Laterne starrt, steht für das Nibi, Matatabi. Die Schildkröte, die auf einen felsigen Berg hinaufklettert, steht für das Sanbi, Isobu. Der Affe, der mit einem Ast auf dem Boden zeichnet, steht für das Yonbi, Songoku. Das weiße Pferd, das im Meer schwimmt, steht für das Gobi, Kokuoh. Die Kröte und die Nacktschnecke, die im Sumpf kriechen, stehen für das Rokubi, Saiken. Und das siebte Sternbild ist ein Baumstamm ... Das Shichibi, Chomei, ist ein Hirschkäfer, nicht wahr?«

Sasuke schlug das Buch Himmelsbild auf dem Lesetisch auf und wies auf das Sternbild. Genau betrachtet sammelten sich an dem Baumsaft, der aus einem Loch mitten im Baumstamm tropfte, Hirschkäfer.

»Also zeigt das Bild nicht den Baumstamm an sich, sondern die Hirschkäfer, die sich darauf gesammelt haben.«

»Das Rind, das in einen Topf hineinschaut, steht für das Hachibi, Gyuki. Der Topf ist wahrscheinlich eine Falle zum Krakenfangen. Das, was wie ein Wachfeuer aussieht, ist ein Fuchs mit neun Schwänzen. Das Kyubi, Kurama, von hinten betrachtet. Und das Sternbild für Oktober … Ein Riese, der gerade aus der Erde geboren wird, steht für das Jubi.«

»Und wofür stehen dann die restlichen zwei …?«, fragte Sakura.

»Der weißhaarige alte Mann mit dem Stock und der Schäfer, der in den Sternenhimmel schaut … Das sind wahrscheinlich Rikudo Sen'nin und der Astronom Tataru«, sagte Sasuke.

»Wahrscheinlich.«

Aber dann erinnerten sie sich daran, dass Rikudo Sen'nin der Überlieferung zufolge erst kurz vor seinem Tod Jubis Chakra in neun Teile aufgeteilt hatte. Das Buch Himmelsbild war aber schon zuvor entstanden. Für Sasuke und Sakura blieb es rätselhaft, in welcher Beziehung die Tiere aus den Sternbildern zu jenen Tieren standen, aus denen Rikudo Sen'nin später die Biju geschaffen hatte.

Jedenfalls schien es ihnen sehr wahrscheinlich, dass Rikudo Sen'nin zu diesen zehn Tieren noch sich selbst und Tataru hatte hinzufügen lassen, damit zwölf Sternbilder zusammenkamen. Aber dennoch wussten sie nicht genau, ob die Menschen damals schon den heutigen Kalender benutzten und Rikudo Sen'nin die Zahl der Sternbilder an die Zahl der Monate angepasst hatte, oder ob die Zahl Zwölf eine ganz andere Bedeutung hatte.

»Und ... Sakura. Was wolltest du mir sagen?«

»Ach ja ...«, Sakura hob den Blick vom Buch Himmelsbild. »Ich habe eine Chance, in Zansurus Zimmer zu gelangen. Heute kommt ein Bote aus der Hauptstadt ins Institut.«

»Aus der Hauptstadt ... vom Premierminister?«

»Ja.«

Über den Premierminister von Redaku hatten sie schon von Kakashi etwas erfahren. Den Informationen zufolge wollte dieser Premierminister zusammen mit Königin Manari das Ausland überfallen. Wofür schickte dieser Premierminister einen Boten zum Leiter des Instituts?

»Das ist eine Chance. Ich verwandele mich in den Boten und spreche mit Zansuru.«

Vor dem Haupttor des Instituts für Astronomie zog Fundaru seinen verschmutzten Mantel aus, als er endlich angekommen war. Die hoch aufragende Mauer verwehrte jeglichen Einblick auf das Gelände. Auch das imposante Haupttor war mit Eisengittern mehrfach abgesichert. Im fahlen Sonnenschein sah das ganze Ziegelbauwerk grau und glanzlos aus. Hier schien der Frühling längst noch nicht angekommen zu sein, ganz anders als in der Hauptstadt, wo der Löwenzahn schon zu blühen anfing.

Fundaru fühlte sich, als stimme ihn allein schon das Einatmen der hiesigen Luft trübe. Er entschied sich, sofort in die Hauptstadt zurückzukehren, sobald er die Mitteilung des Premierministers übermittelt hatte. Fundaru meldete sich an.

»Guten Tag. Willkommen.«

Anders als vermutet empfing ihn kein grimmiger Aufseher, sondern es erschien eine junge Frau vor ihm. Das Rosa ihrer Haare und das Smaragdgrün ihrer Augen schienen ihm die trübe Stimmung sofort aufzuheitern.

»Ach … Ich heiße Fundaru und bin ein Hofbeamter. Ich habe aus der Hauptstadt von Redaku eine Mitteilung vom Premierminister an den Institutsleiter, Herrn Zansuru, zu überbringen.«

Fundaru zeigte der Frau den Ausweis eines offiziellen Boten: einen Stock, in den ein riesiger Falke geschnitzt war.

»Ich weiß Bescheid«, lächelte die Frau und fuhr fort: »Sie sind nach der langen Reise sicher müde, aber dürfen wir Sie trotzdem bitten, sofort mit Zansuru zu sprechen?

Unser Leiter ist momentan sehr beschäftigt, hat aber gerade jetzt Zeit.«

»Selbstverständlich.«

Fundaru betrat hinter der Frau das Hauptgebäude.

»Was ist das Anliegen des Premierministers?«, fragte die Frau beiläufig, als wolle sie nur ein bisschen plaudern. Fundaru überlegte kurz.

»Ich weiß es auch nicht genau. Der Premierminister sagte mir nur, dass ich nach dem ›Fortschritt‹ fragen solle.«

»Fortschritt? Was für einen Fortschritt meint er?«

»Ich weiß es nicht. Er meinte, der Leiter würde mich sofort verstehen.«

Es war eine Grundregel für Boten, über Gegenstände oder Briefe, die sie ausliefern sollten, keine Fragen zu stellen.

»Sehen Sie Zansuru zum ersten Mal?«

Die Frau stellte ihm erneut eine Frage, die er für freundlichen Smalltalk hielt.

»Offiziell ja. Aber als er im Königspalast zu Besuch war, habe ich ihn schon ein paar Mal gesehen.«

»Verstehe. Wissen Sie noch, wann Zansuru zum letzten Mal in der Hauptstadt war? Ich weiß es nämlich nicht mehr.«

»Das war im letzten Sommer. Damals arbeitete meine Frau im Königspalast als Kammerzofe, und als Herr

Zansuru den Premierminister besuchte, hatte sie die Ehre, ihn zu bedienen.«

Die beiden unterhielten sich noch weiter, während sie den langen Flur entlanggingen. Und das Zimmer, in das die Frau Fundaru schließlich führte, war ein großer Raum im zweiten Stock.

Als sie eintraten, stieg sofort der Geruch von Staub in Fundarus Nase. Überall standen Geräte, die offenbar für die Beobachtung der Sterne gebraucht wurden. Eine runde Scheibe mit mehreren Zahnrädern, die wie eine Uhr aussah, ein Himmelskörper-Modell mit mehreren geheimnisvollen Sternen und einem roten Stern in der Mitte. Das Zimmer kam Fundaru in keiner Weise merkwürdig vor, da er schließlich in einem Institut für Astronomie war, aber es sah nicht nach einem Empfangszimmer aus, wie er als Bote es erwartet hatte.

»Ähm ... Wo ist Herr Zansuru ...?«, etwas irritiert schaute sich Fundaru nach der Frau um, die ihn hergebracht hatte.

»Er kommt gleich«, sagte die Frau. Und in diesem Moment traf eine Handkante in den Nacken des Boten, der mit dem Schlag augenblicklich das Bewusstsein verlor.

»So, okay«, Sakura, die sich mit der entsprechenden Kunst in Fundaru verwandelt hatte, drehte sich zu Sasuke um. »Jetzt bist du dran, Sasuke.«

»Ich muss mich auch verwandeln?«

»Ja, um sicherzugehen.«

Ihr Plan war simpel. Sakura spielte den Boten des Premierministers, traf Zansuru, fand Informationen über das Buch Himmelsbild, die Pläne des Premierministers und noch anderes heraus und gewann gleichzeitig Zeit, sodass Sasuke heimlich in den Kellerraum hinabsteigen und ihn untersuchen konnte. Sollte etwas Unerwartetes geschehen, musste jeder für sich improvisieren. Danach belegte Sasuke Fundaru mit einer Genjutsu, damit dieser glaubte, er habe mit Zansuru gesprochen, und in die Hauptstadt zurückkehrte.

»Ich glaube, du solltest dich am besten in das hier verwandeln ...«, Sakura zeigte Sasuke den Stock, den Fundaru bei sich getragen hatte.

Da man extra Chakra brauchte, um die eigene Größe zu ändern, sollte er sich besser in etwas verwandeln, das ähnlich groß war wie er selbst.

»Das da ...?«

Sich in eine nicht lebendige Substanz zu verwandeln war schwieriger, als wenn man sich in einen Menschen verwandelte. Sasuke hatte sich zwar bereits oft in Shuriken oder Kunai verwandelt, aber noch nie in einen Stock.

Na gut, ich probiere es.

Sasuke berührte den Stock ein paar Mal, um das Material zu untersuchen, dann schmiedete er das Chakra.

Pong!

Mit einer kleinen Explosion verwandelte sich Sasukes Körper in vollendeter Weise in den Stock und fiel klappernd zu Boden.

»Perfekt«, Sakura hob ihn vom Boden auf.

Sasuke fühlte sich komisch, aber die Vorbereitungen waren auf jeden Fall abgeschlossen. Alles Weitere würden sie aus dem Stegreif herleiten.

Mit ähnlichen Körperbewegungen wie Fundaru stieg Sakura die Treppe hinauf, wobei sie den Stock, in den sich Sasuke verwandelt hatte, über den Boden klappern ließ. Sie klopfte leise gegen die massive Tür des Leiters und rief nach ihm. Zansuru öffnete die Tür und ließ Sakura in das Zimmer, ohne Verdacht zu schöpfen.

Für Sasuke, der normalerweise außerhalb des Dorfes allein für sich arbeitete, war die Arbeit zu zweit etwas Neues. Er wunderte sich, wie einfach er sich dem Gegner nähern konnte, was er allein nicht geschafft hätte.

Zansuru bot Sakura das Sofa an und setzte sich selbst in einen Sessel seinem Besuch gegenüber. Im Zimmer stand ein Schreibtisch in modernem Design, was in Redaku selten zu sehen war.

Das war also Zansurus Lese- und Schreibstube.

Durch ihre Untersuchung mithilfe des Chakras wussten sie bereits, dass hinter Zansurus Stube sein Schlafzimmer lag. Zwischen Schreibstube und Schlafzimmer gab es aber keine Wände oder Türen, wie sie nun sahen. Nur ein hoher, mit einer Schnitzerei verzierter und mit einem Oberlicht versehener Querbalken unter der Decke trennte die beiden Räume. Und irgendwo hinten im Schlafzimmer musste die Tür sein, hinter der sich die Treppe zum Keller befand.

»Wie geht es dem Premierminister? Ich habe ihn schon über ein halbes Jahr nicht gesehen«, fragte Zansuru ruhig.

»Danke, es geht ihm gut. Auch Königin Manari.«

»Das freut mich. Mittlerweile ist sie bestimmt an ihr Amt gewöhnt.«

Sakura schaute beiläufig nach draußen.

»Ach, es regnet.«

»Wirklich?«

Zansuru stand auf und richtete seinen Blick aus dem Fenster. In diesem Augenblick warf Sakura den Stock von sich, der geräuschlos über den hohen Flor des Teppichs glitt und kurz vor der Abtrennung zwischen der Schreibstube und dem Schlafzimmer liegen blieb.

»Es regnet doch gar nicht. Schauen Sie genau hin.«

Zansuru setzte sich wieder in den Sessel, mit dem Rücken zum Stock.

Sasuke löste ohne Geräusch und Regung die Verwandlungskunst und nahm wieder seine eigene Gestalt an. Indem er sich stets unbemerkbar verhielt, gelangte er in das hintere Zimmer, ging im toten Winkel an der Wand entlang weiter hinein und begutachtete erst einmal den ganzen Raum.

Ein hölzernes Bett, ein Bücherregal, in der hinteren Wand eine Kupfernickeltür – das war sicher die Eingangstür zum Keller. Aber Sasuke konnte nicht dorthin, da Zansuru ihn sonst von der Schreibstube aus hätte bemerken können.

Sasuke blickte zur Schreibstube.

»Ich habe gehört, die Hauptstadt leidet unter ernstem Wassermangel.«

»Es scheint so. Wobei ich persönlich nichts davon bemerke, weil die Lebensmittel vorrangig in den Königspalast geliefert werden.«

Zansuru schien auf das Gespräch mit Sakura konzentriert zu sein. Er saß weiter so, dass er Sasuke den Rücken zukehrte.

Es geht doch.

Sasuke ging zur Kupfernickeltür. In der Hoffnung, dass Zansuru abzuschließen vergessen hatte, zog er am Griff, aber die Tür ging leider nicht auf.

Dann geht es nicht anders …

Viele Ninja benutzten Ninjutsu, um ein Schloss zu knacken, aber ihre Methoden waren unterschiedlich. Kakashi schmolz mit durch Katon erzeugter Hitze alle Metallteile und öffnete das Schloss mit Gewalt. Shikamaru schob einen schmalen Schatten hinein und drehte damit den Zylinder. Naruto drehte den Zylinder durch das Schlüsselloch mit einer kleinen Turbulenz.

Sasuke, der in Katon stark war, benutzte meist die gleiche Methode wie Kakashi, aber diesmal wollte er keine Spuren hinterlassen. Er griff zu einer anderen Methode.

Sasuke schaute sich nach Sakura um und gab ihr ein Signal, dass sie ihm noch ein wenig Zeit verschaffen sollte.

Sakura nahm Sasukes Signal wahr und rückte näher an Zansuru heran.

»Sie wissen es wahrscheinlich nicht mehr, aber ich hatte schon einmal die Ehre, Sie zu sehen. Als Sie im letzten Sommer im Königspalast zu Besuch waren, habe ich Sie einmal begrüßt.«

»Im letzten Sommer ... Das heißt sofort nach dem Tod des letzten Königs. Der Premierminister hatte damals alle Hände voll zu tun, weil Königin Manari noch nicht eingearbeitet war ... Na ja gut ... Und nun möchte ich langsam erfahren, mit was für einem Anliegen Sie hierhergekommen sind.«

»Gerne. Ach, aber vorher möchte ich Ihnen noch etwas erzählen. Die Kammerzofe, die Ihnen während Ihres Aufenthalts in Redaku gedient hat, war meine Frau. Erinnern Sie sich an sie? Sie sieht ...«

Während Sakura mit belanglosen Plaudereien Zeit gewann, berührte Sasuke mit einer Fingerspitze das Schlüsselloch und schmiedete Chakra. Er wollte mit Doton schnell einen Schlüssel erzeugen, der genau in das Schlüsselloch passte. Er konnte zwar keinen Schlüssel für ein so kompliziertes Schloss wie das der Bibliothekstür erzeugen, aber das Türschloss vor ihm gehörte zu einem Typ, den er schon einmal geöffnet hatte.

Dennoch ging es nicht so schnell wie zuvor, als er für Sakura den Fingerring erzeugt hatte. Um die bröcklige Erde richtig fest zu machen und entsprechend der Form des Schlosses einen Schlüssel zu erstellen, musste er sein Chakra sehr präzis steuern.

»... deshalb war es auch für meine Frau sehr schön, dass sie Sie bedienen durfte. Das war für sie eine sehr gute Erfahrung. Sie hat gesagt, sie sei Ihnen sehr dankbar, was ich Ihnen ausrichten soll.«

»Richten Sie bitte auch von mir vielen Dank an Ihre Frau aus. Und nun möchte ich langsam Ihr Anliegen erfahren.«

»Ach, tut mir leid ... Ich habe viel zu lange geredet. Auch der Premierminister ärgert sich manchmal, dass ich zu viel rede, obwohl ich eigentlich nur Nachrichten überbringen soll. Ich bin so gesprächig, es liegt wahrscheinlich daran, dass ich in einer sehr großen Familie aufgewachsen bin. Ich habe sechs ältere Schwestern, wissen Sie? Auch meine Großmutter und meine Mutter waren sehr gesprächig …«

»Herr Fundaru«, Zansurus Stimme klang allmählich genervt. »Jetzt kommen wir bitte zu Ihrem Anliegen.«

»Ach, stimmt. Es tut mir leid …«, Sakura in Gestalt von Fundaru zuckte unschuldig mit den Schultern. »Es kommt mir sehr seltsam vor, aber die Nachricht des Premierministers ist kurz und knapp: ›Wie weit ist der Fortschritt?‹ … Ich habe gar keine Ahnung, worum es geht.«

»Haha! Das passt gut zum Premierminister. Alles in Ordnung. Richten Sie ihm bitte aus, dass ich die Streitkräfte jederzeit losschicken kann. Innerhalb von ein paar Tagen bis in die Hauptstadt, innerhalb von ein paar Stunden bis zum Dorf Nagare.«

»Verstanden. Apropos, wie stark sind diese ›Streitkräfte‹?«

»Ich kann Ihnen keine Anzahl verraten. Sie sind ja nur ein Bote. Aber machen Sie sich keine Sorgen. Der Premierminister weiß Bescheid.«

Während Sakura Zeit gewann, hatte Sasuke es mit Mühe geschafft, einen Schlüssel zu erzeugen – der allerdings sofort am Schaft zerbrach, als er ihn im Schlüsselloch umdrehen wollte.

Der war nicht hart genug …

Sasuke unterdrückte den Drang, mit der Zunge zu

schnalzen, rührte die zerbrochenen Teile wieder an und schmiedete erneut Chakra.

Er war etwas hastig, was für ihn ungewöhnlich war. Wenn er allein im Einsatz war, machte ihm die eine oder andere Gefahr nichts aus, aber diesmal machte er sich um Sakura Sorgen.

»Oh, ich habe Ihnen zu viele Fragen gestellt. Ich bitte Sie um Entschuldigung für meine Indiskretion.«

»Kein Problem, Herr Fundaru. Apropos, wo ist eigentlich Ihr Stock?«

»Stock?«

»Sie hatten doch einen Stock, als Sie ins Zimmer kamen, nicht wahr? Ich sehe ihn nicht mehr …«

Die Erde aus dem Chakra festigte sich. Die zerbrochenen Stücke fügten sich zusammen. Sasuke drehte den Schlüssel erneut im Schloss, und dieses Mal zerbrach er nicht. Aber … es klackte, als die Feder aufsprang.

»Hm?«, Zansuru wollte sich nach hinten umsehen, ein plötzliches Krachen ließ ihn jedoch innehalten. Er wandte sich zurück nach vorn.

Sakura hatte mit dem echten Stock, den sie unter ihrem Umhang versteckt hatte, kräftig auf den Boden gestoßen: »Hier ist der Stock.«

Als Sakura Zansurus Aufmerksamkeit auf sich gezogen hatte, öffnete Sasuke die Tür und glitt hindurch.

Es war ganz dunkel. Die Luft war staubig und feucht. Es roch stark nach Schimmel. Sasuke erzeugte mit Katon eine Flamme und sah direkt zu seinen Füßen die Wendeltreppe, die nach unten führte.

Das ist der Eingang zum Keller …

Sasuke hatte keine Zeit zu verlieren. Er stieg möglichst still die Treppe hinunter. Nach seinem Gefühl war er etwa so tief wie fünf Stockwerke hinabgestiegen, als er eine Eisentür vor sich sah. Genau wie zuvor erzeugte er schnell mit Doton einen Schlüssel und öffnete sie.

Er drückte die schwere Tür vorsichtig beiseite und spürte frische Luft. Und er hörte Geräusche, die wie Flügelschlagen klangen.

Vögel …?

Gack-Gack!

Hühner!

Gackernd mit den Schwanzfedern wedelnd liefen sie um Sasuke herum und pickten an seinen Schuhen und Beinen. Vierzig oder sogar fünfzig Hühner.

Warum sind hier Hühner …?

Anders als im muffigen Treppenhaus war der Keller offenbar mit Lüftungslöchern versehen und so gut belüftet, wie es notwendig war. Übrig gebliebene Gemüsestücke in den Futternäpfen sahen viel frischer aus als das Essen für die Gefangenen. Auch sauberes Wasser stand bereit. Offensichtlich wurden die Hühner hier unter guten Bedingungen gehalten.

An der Wand lagen Stapel von hiesigem Gestein. Die Oberflächen der Steine waren uneben, Erde klebte noch daran. Sasuke hatte schon mal gesehen, wie die Gefangenen ähnliche Steine hatten wegtragen müssen, als er draußen bei der Arbeit war.

Sasuke stand völlig verwirrt im Keller, von unzähligen Federn umweht.

In Massen gehaltene Hühner und gestapeltes Felsgestein. Was für ein Ort ist das?

KAPITEL 5

Vier Tage waren seit dem Besuch des Boten vergangen, als Sakura durch den Falken einen Brief von Kakashi erhielt.

Kakashi schrieb, der Premierminister habe zusammen mit Königin Manari befohlen, in das Dorf Nagare einzumarschieren. Manaris jüngerer Bruder, Nanara, habe sich daraufhin entschieden, durch einen Putsch die politische Macht zu ergreifen. Kakashi werde Nanara unterstützen.

Der Bote des Premierministers hatte Zansuru nach dem »Fortschritt« fragen sollen. Und Zansuru hatte geantwortet, er könne jederzeit »Streitkräfte« schicken. Offenbar meinte Zansuru damit militärische Unterstützung für die Armee des Premierministers.

Aber ... wo verbergen sich in diesem Institut im hohen Norden Streitkräfte?

Sakura schrieb kurz und bündig alles auf, was bisher klar geworden war, und band ihren Bericht für Kakashi an ein Bein des Falken. Der mit Nachricht und rotem

Tuch ausgestattete Falke krächzte unzufrieden, als verlange er von Sakura eine Verschnaufpause. Sakura gab ihm eine Scheibe Trockenfleisch, um ihn milde zu stimmen, und schickte ihn zurück zu Kakashi. Dann ging sie umgehend in den Speisesaal.

Es war Abendessenszeit. Die Gefangenen, die ihr Essen wollten, bildeten eine lange Schlange, die sich bis in den Flur erstreckte.

Sakura wollte Sasuke die Informationen von Kakashi mitteilen, aber sie fand ihn nicht. Sie setzte sich auf einen Platz am Fenster, trotz der neugierigen Blicke der Gefangenen. Eine Wange stützte sie mit der Hand, den Ellenbogen auf dem Tisch.

Es gab so viele Dinge, die ihr nicht klar waren. Was Zansuru und den Premierminister verband. Was für Streitkräfte Zansuru gemeint hatte. Wo die Zenit-Partikel waren. Was das Buch Himmelsbild mit den zwölf Sternbildern bedeutete. Wozu die Hühner und die an der Wand gestapelten Felssteine dienten, die Sasuke im Keller entdeckt hatte. Sie hatten viele Bruchstücke an Informationen, aber daraus ergab sich kein Gesamtbild.

Vielleicht machen wir uns zu viele Gedanken. Zum Beispiel über den Keller. Hühnerhaltung und Bildhauerei sind vielleicht einfach nur Zansurus Hobbys. … Aber nein … eigentlich kann ich mir das nicht vorstellen …

»Ach, ich weiß nicht ...«, Sakura lehnte sich kurz an den Stuhlrücken.

»Darf ich mich zu Ihnen setzen?«, fragte ein älterer Mann von der anderen Seite des Tisches.

»Ja, bitte.«

Es war Ganno. Sasukes ungewöhnlicher Zellengenosse, den seine Leidenschaft für die Malerei auch im Gefängnis nicht losließ.

Ganno goss sich aus einer Kanne schwachen Tee von mehrfach überbrühten Teeblättern ein und trank ihn. Dann schaute er nach draußen und sagte: »Gleich geht die Sonne unter.«

»Stimmt«, nickte Sakura und betrachtete das Sonnenlicht, das auf den Tisch fiel. Das purpurrote Licht der tiefstehenden Sonne zeichnete sich so klar ab, dass es fast greifbar erschien.

»Ich habe jahrelang geglaubt, Sonnenuntergang bedeute, dass die Sonne tatsächlich versinke«, sagte Ganno plötzlich, wobei er noch immer aus dem Fenster schaute. »Aber das stimmt gar nicht. Die Erde, auf der wir uns befinden, dreht sich selbst und wir bewegen uns damit von der Sonne weg, nicht wahr? Ich hatte geglaubt, der Himmel bewege sich.«

»Ich habe mich auch gewundert, als ich zum ersten Mal davon gehört habe. Wir denken oft, alles drehe sich um uns, die Menschen.«

Ganno lächelte still und sah auf Sakuras Hand: »Sie tragen einen Ring. Sind Sie verheiratet?«

»Ja. Bei der Arbeit trage ich ihn meist nicht, weil er stört.«

»Wenn Sie hier arbeiten, können Sie Ihren Liebsten wahrscheinlich nicht so oft sehen, nicht wahr?«

»Nun ja ...«

Auch wenn ich nicht hier arbeite, kann ich ihn nur selten sehen ...

»Was für ein Mann ist Ihr Ehemann?«

»Er ist nett«, antwortete Sakura ehrlich, aber möglichst belanglos. Dann fügte sie noch hinzu: »Und er ist geradeheraus.«

Ganno weiß eh nicht, über wen ich spreche; dieser Gedanke machte sie so locker, dass sie über ihren geliebten Mann noch mehr erzählen wollte.

»Er ist so gradlinig, dass es sowohl ihm selbst als auch anderen manchmal sogar zur Last fällt. Auch seine Gedanken springen oft von einem Extrem ins andere ... Aber gerade das gefällt mir an ihm. Und er sieht einfach gut aus. Aber er will gar nichts daraus machen. Auch das gefällt mir. Dass er sich so wenig über sich selbst Gedanken macht. Wobei er mir deshalb manchmal Sorgen bereitet.«

»Verstehe. Sasuke ist ein Glückspilz.«

Zack! – Sakuras Kinn rutschte ihr vor Überraschung

aus der Hand, die es stützte, und sie stieß fast mit dem Kopf gegen den Tisch.

Ganno schmunzelte.

»Hä …? W…W…Woher wissen Sie, dass Sasuke … ähm … also … mein Mann …«

»Er setzte sich früher immer auf diesen Platz und schaute nach draußen. Aber in letzter Zeit macht er das gar nicht mehr. Seit Sie hier sind. Ich fragte mich immer wieder, wohin Sasuke schaute. Aber jetzt weiß ich es endlich. Er beobachtete die ganze Zeit, wann der Baum da erblüht.«

»B…Blühen? Aber … woher wissen Sie, dass Sasuke mein Mann ist …?«

»Sie haben eine schöne Haarfarbe. Achten Sie darauf«, Ganno lächelte Sakura sanft an, wie ein Vater, der seinem Kind ein kleines Windrad schenkt. Dann ging er, ohne weitere Erklärungen. Sakuras Kopf war voller Fragezeichen.

Was ist mit meinen Haaren …?

Verwirrt suchte sie nach dem Baum, den Ganno gemeint haben könnte.

Es gab nur einen einzigen Baum, der gerade angefangen hatte zu blühen. Kleine einfache Blüten an zierlichen Zweigen. Die hellrosa Blütenblätter sahen so zart aus, als könnte man sie mit nur einem Blinzeln aus den Augen verlieren.

Sakura betrachtete sie eine Zeit lang, verstand endlich, was Ganno gemeint hatte, und wurde rot bis über die Ohren.

Sasuke hatte darauf gewartet, dass die Kirsche – Sakura – erblühte.

Genau betrachtet war der Baum gar keine Kirsche, sondern eine Art Mandel, die in Höhenlagen wächst. Es wäre auch unwahrscheinlich gewesen, dass eine Kirsche in so einer kalten Region gedeihen könnte.

Sakura kehrte zur Krankenstation zurück. Als sie sah, wie fröhlich ihr Gesicht wirkte, das sich in einem Zungenspatel spiegelte, musste sie lächeln.

Vielleicht irrt sich Ganno. Aber falls Sasuke tatsächlich an mich gedacht haben sollte, als er die Blüten sah – wäre ich so froh.

Auch Sakura hatte eine Blume auf ihrem Arbeitstisch stehen, aus dem gleichen Grund.

Die Kamelienblüte, die in einem mit Wasser gefüllten Glas schwamm, hatte sie im Innenhof gefunden. Die Blüte war offenbar von der Hecke nebenan herabgefallen.

Kamelien erinnerten Sakura an Sasuke. Entweder blühten sie in voller Pracht, oder sie warfen auf einen Schlag alle Blüten ab. Dass sie ganz oder gar nicht da sein wollten und niemals zögerten, darin ähnelten sie Sasuke in Sakuras Augen.

Das Glas mit der Kamelienblüte glänzte orange in der Abendsonne. Gleich musste eigentlich die Sonne untergehen.

Nein, wir gehen unter, wie Ganno gesagt hat … Ich weiß es ja. Dennoch empfinde ich immer wieder, dass die Sonne untergeht. Wie unpassend für eine Ärztin …

Sakura lachte über sich selbst.

Ärzte, aber auch Wissenschaftler allgemein, sollten die Dinge ja möglichst objektiv betrachten, dachte sie. Und in diesem Sinne fand sie es auch nicht wirklich passend, dass Tataru, der Wissenschaftler, die Formationen der Sterne mit verschiedenen Tieren wie Marderhund oder Affe verknüpft und auf diese Art im Buch Himmelsbild dargestellt hatte. Auch wenn eine Gruppe von Sternen, von der Erde aus betrachtet, zufällig wie ein Marderhund oder eine Schildkröte aussah, hatten diese Bilder die Astronomie nicht weitergebracht.

Aber …

Sakura konnte andererseits verstehen, warum der Astronom die Sterne miteinander verbunden und die Sternformationen mit Tieren verknüpft hatte. Sie vermutete, dass er sich dabei ähnlich gefühlt hatte wie Sakura, wenn sie tagtäglich zu den Zellen sprach, die sie in einer Schale kultivierte. Es schien ihr natürlich, dass man mehr und mehr Sympathie für ein Objekt empfand, das man jeden Tag beobachtete, selbst für anorganische

Materie, da der Beobachter eben ein Mensch mit subjektiven Gefühlen war.

Wahrscheinlich nannten die Ninja auch deshalb ihre Fingerzeichen nach den zwölf Tieren aus dem Tierkreis.

Sakura schloss vor der Brust das Fingerzeichen Ne, Ratte.

Die Form dieses Fingerzeichens hat nichts mit dem Tier Ratte zu tun. Die Ninja haben das Fingerzeichen Ratte genannt, weil der Umgang mit einem Fingerzeichen ohne Namen unpraktisch ist. Da es zwölf grundlegende Fingerzeichen gibt, konnte man sie sehr gut mit den zwölf Tieren aus dem Tierkreis verknüpfen …

Sakura hob bei dem Gedanken plötzlich ihren Blick.

Die zwölf Tierkreiszeichen … Zwölf …

»Ach …!«

Sakura schob den Stuhl zurück, stand schwungvoll auf und verließ die Krankenstation.

Der von vereinzelten Wolken durchzogene Abendhimmel wurde am Horizont bereits violett. Sasuke war auf das Dach des Ziegelhauses geschickt worden, um dort Aprikosen zu ernten.

»Wenn die Aufseher dich schikanieren, bekomme auch ich den einen oder anderen verirrten Schlag ab! Haah, ich bin total fertig …«, meckerte Jiji und griff nach dem erstbesten Ast aus dem Gestrüpp von Zweigen und

Blättern vor ihm. Umständlich drehte er die dicht hängenden kleinen Früchte an ihren Kelchen ab, pflückte sie vorsichtig, sodass die Haut nicht einriss, und warf sie zu Sasuke hinüber, der geschickt einhändig mit einem Tuch den Staub von den Früchten wischte.

Sasuke machte auf dem Dach des Hauptgebäudes zusammen mit Jiji Überstunden. Die Aufseher, die Sasuke immer noch tagtäglich tyrannisierten, wählten wie selbstverständlich Sasuke für diese Extraarbeit, und dazu noch Jiji, den sie sonst auch oft im Team mit Sasuke arbeiten ließen.

»Die sind aus der Hauptstadt gebracht worden, oder? Hier wachsen ja keine Aprikosenbäume.«

»Offenbar. Sie wurden wahrscheinlich vom Königshof geliefert.«

»Wir haben noch niemals Aprikosen gegessen. Nur der Leiter und die Aufseher fressen die. Verdammt!«

»Iss sie doch!«, Sasuke pickte aus dem Haufen sauber geputzter Aprikosen eine wohlgeformte Frucht und warf sie sich in den Mund.

»Mensch, Sasuke, hör auf! Sonst kriegst du wieder von den Aufsehern Schläge verpasst.«

Sasuke ignorierte Jijis Warnung und zermalmte die Frucht mit den Backenzähnen. Wohl des Klimas wegen war sie ziemlich sauer und schmeckte Sasuke daher, der nichts Süßes mochte.

Jiji, der seine verspannten Schultern dehnen musste, stand auf, streckte beide Arme aus und gähnte. Sasuke schaute erst zu seinem Arbeitskameraden, dann auf die Landschaft hinter diesem.

Es erstaunte Sasuke immer wieder, wie gebirgig die Gegend war. Wie ein Diorama, das nur aus Sand bestand, kreuzten sich die Kämme der kahlen felsigen Berge und formten eine Arabeske. Die farblose Landschaft breitete sich unendlich aus – so erschien es Sasuke, aber dann erblickte er einen rotvioletten, krummen Edelstein am Fuß der Klippe, auf der das Institut stand.

Nein, ein krummer Edelstein würde nicht so klar den Himmel spiegeln.

»Ich wusste nicht, dass ganz in der Nähe ein See ist.«

Jiji folgte Sasukes Blick.

»Ach das. Viele wissen nicht, dass es ihn gibt, weil er so klein ist. Außerdem gibt es dort nur Wasser und keine Fische. Man hat also keinen Grund, dort hinzugehen. Ich habe gehört, ein Meteorit sei vor langer Zeit dort eingeschlagen und habe einen Krater hinterlassen. Dann sammelte sich dort das Regenwasser und so entstand der See.«

Ein Meteorit …

Sasuke rückte bis zur Dachkante vor und schaute in den See unter seinen Augen.

»…«

Das Wasser, dessen Ufersaum eine birnenförmige Kurve bildete, ruhte still. Es glänzte im Abendrot und spiegelte die zerstreuten Schäfchenwolken wider. Als ob man den Abendhimmel ausgelöffelt und in eine Grube geschöpft hätte.

… Der Himmel?

»Um diese Uhrzeit ist er ein wenig gerötet, aber tagsüber sieht er ganz blau und schön aus. Man kann ihn kaum vom Himmel unterscheiden.«

»Jiji«, Sasuke schob den Aprikosenzweig, den er die ganze Zeit in der Hand gehalten hatte, zu Jiji. »Ich habe Bauchschmerzen und kann nicht mehr arbeiten. Mach allein weiter.«

»Wie bitte?«

»Dafür übernehme ich deinen nächsten Küchendienst«, sagte Sasuke und ging sofort davon.

»Wo gehst du hin?!«

Jijis Ruf stieß bei Sasuke auf taube Ohren.

Ich muss ganz schnell Sakura Bescheid geben, dass eines der Rätsel um das Buch Himmelsbild gelöst ist.

»Ach!«

Im Treppenhaus trafen Sasuke und Sakura überrascht aufeinander. Da sich beide unbemerkbar gemacht hatten, wären sie beinah zusammengestoßen, aber dank ihrer guten Reflexe wichen sie rechtzeitig einen Schritt zurück, bevor es passierte.

»Sasuke, du kommst wie gerufen«, sagte Sakura aufgeregt und nahm Sasukes Arm. »Ein Rätsel um das Buch Himmelsbild ist gelöst.«

»Was?«

Während sie ihn weiter am Arm hielt, schlüpfte Sasuke hinter Sakura geschmeidig und flink in ein leeres Zimmer.

Sakura begann sofort zu flüstern: »Erinnerst du dich an den Hinweis, dass Rikudo Sen'nin die Zenit-Partikel in zwei Teile aufgeteilt und eine Hälfte im ›Stern, der kreist und sich nicht entfernt‹, und die andere Hälfte im ›Himmel, der zur Erde fiel‹, versteckt hatte?«

Sasuke nickte. Im Dokument, an das Kakashi gelangt war, standen diese Hinweise. Dass Rikudo Sen'nin die Hälfte der Zenit-Partikel im Himmel, der zur Erde fiel, und die andere Hälfte im Stern, der kreist und sich nicht entfernt, versteckt hatte. Und dass jeder, der diese Orte ausfindig machen wolle, mit dem Himmelsbild spielen solle.

»Rikudo Sen'nin war der erste Anwender des Chakras. Wir können davon ausgehen, dass er Ninjutsu benutzt hat, auch um die Zenit-Partikel zu verstecken. Und um eine Ninjutsu aufzulösen, braucht man ein Fingerzeichen. Also ... im Buch Himmelsbild ist ein Fingerzeichen

versteckt, das man braucht, um die Zenit-Partikel zu erlangen.«
Dann zog Sakura einen Zettel aus der Jackentasche und legte ihn auf einen Tisch. Auf dem Zettel standen Notizen in Sakuras Handschrift.

»Schau dir zuerst das an. Ich habe die zwölf Tierkreiszeichen und die Sternbilder in zeitlicher Abfolge durchnummeriert.«

1 *Ne (Ratte) / Marderhunde*
2 *Ushi (Büffel) / Katze*
3 *Tora (Tiger) / Schildkröte*
4 *U (Hase) / Affe*
5 *Tatsu (Drache) / Weißes Pferd*
6 *Mi (Schlange) / Kröte und Nacktschnecke*
7 *Uma (Pferd) / Baumstamm*
8 *Hitsuji (Schaf) / Rind*
9 *Saru (Affe) / Wachfeuer*
10 *Tori (Hahn) / Riese*
11 *Inu (Hund) / Schäfer*
12 *I (Wildschwein) / Alter Mann*

»Verstehe … Zwölf Sternbilder und zwölf Tierkreiszeichen.«

Sasuke musterte aufmerksam die Schriftzeichen und nickte überzeugt. Er war sich sicher, dass der Schäfer und der alte Mann zu den zehn Tieren hinzugefügt worden waren, damit die Anzahl der Sternbilder zur Anzahl der Tierkreiszeichen passte.

»Aber wir wissen immer noch nicht, welche Fingerzeichen wir schließen sollen.«

»Es gibt noch einen Hinweis. Das Spiel ›Sternenketten‹.«

»Das Kartenspiel?«

Sakura nickte leichthin und fuhr fort.

»›Mit dem Himmelsbild spielen‹ … Findest du das nicht komisch? Womit sollte man spielen, wo das Buch Himmelsbild doch nur aus Bildern besteht? … Ich denke, die Spielkarten für die ›Sternenketten‹ gehörten ursprünglich zum Buch Himmelsbild. Die Kiste für die Karten der ›Sternenketten‹ war doch sehr groß und es gab noch viel Platz darin, oder?«

Tatsächlich war die Kiste sehr groß. Selbst ein großformatiges Buch wie das Himmelsbild würde ohne Probleme hineinpassen.

»Die stärkste Hand beim Spiel Sternenketten war ›Stern‹, die zweitstärkste war ›Erde‹, oder? Wahrscheinlich weist der ›Stern‹ auf den ›Stern, der kreist und sich nicht entfernt‹, und die ›Erde‹ auf den ›Himmel, der zur Erde fiel‹.«

»Verstehe …«, Sasuke erinnerte sich an das Spiel zwischen Sakura und Penjira. »Um die Hand ›Stern‹ zu erreichen, braucht man sechs Karten – ein weißes Pferd, einen Schäfer, eine Katze, ein Wachfeuer, einen Riesen und eine Schildkröte, oder? Das heißt, wenn man die sechs Fingerzeichen schließt, die diesen Sternbildern entsprechen, erlangt man die Zenit-Partikel, richtig?«

Ein weißes Pferd, ein Schäfer, eine Katze, ein Wachfeuer, ein Riese und eine Schildkröte – diesen sechs Karten, die zusammen die Hand »Stern« bildeten, entsprachen Sakuras Notiz zufolge die Tierkreiszeichen Tatsu (Drache), Inu (Hund), Ushi (Büffel), Saru (Affe), Tori (Hahn) und Tora (Tiger).

Und den Karten, die die Hand »Erde« bildeten, entsprachen die Tierkreiszeichen Ushi (Büffel), Saru (Affe), Ne (Ratte), Mi (Schlange), Tora (Tiger) und I (Wildschwein). Das waren offenbar die Fingerzeichen, die man brauchte, um die Zenit-Partikel zu erlangen.

»Jetzt ist das Rätsel um das Himmelsbild gelöst. Wir wissen, was wir tun sollen.«

Die Notiz mit dem Finger nachzeichnend, fuhr Sakura mit ernstem Gesicht fort: »Aber wir wissen nicht, wo wir es tun sollen, was der ›Himmel, der zur Erde fiel‹, und der ›Stern, der kreist und sich nicht entfernt‹, bedeuten.«

»Ich habe eine Ahnung, was der ›Himmel, der zur Erde fiel‹, bedeutet.«

»Du hast auch keine Ahnung, nicht wahr?«, da Sasukes Stimme so gleichmütig geklungen hatte, hatte Sakura nicht sofort realisiert, was er gesagt hatte.

»Hä?«, machte Sakura nun mit großen Augen und starrte Sasuke an: »Du *hast* … eine Ahnung?«

Sasuke schaute Sakura ausdruckslos an, sagte: »Ich hole dich ab, sobald das Licht ausgeschaltet wird«, und verließ schnell das Zimmer.

Später in der Nacht, der Himmel war sternklar …

Sasuke klopfte um die besagte Uhrzeit ans Fenster der Krankenstation.

»Folge mir.«

Sasuke sprang vom ersten Stock wieder hinunter und sah ungeduldig zu Sakura hinauf. Ahnungslos legte Sakura ihren Arztkittel ab und sprang hinterher.

Sie machten sich unbemerkbar, stiegen das Geklüft hinter dem Institut hinunter und kletterten ein paar Minuten die Felsen hinab, bis sie plötzlich einen weiten Ausblick hatten. Vor ihnen lag der kleine See, der in einem Krater entstanden war.

Sakura hielt überwältigt an.

»Uaah …«

Auf der stillen Wasserfläche spiegelte sich der Nachthimmel wider. Die Schönheit der dicht gestreuten Lichter verschlug Sakura den Atem. Sie blieb stehen und schaute gebannt auf den See.

»Der See soll nach Rikudo Sen'nin ›Riku-See‹ heißen. ›Der Himmel, der zur Erde fiel‹ … Wenn das den Sternenhimmel auf der Wasseroberfläche meinen soll, passt der Ort so gut wie kein zweiter.«

Sakura hörte keines der Worte von Sasuke.

Das glatte blaue Wasser des Sees entsprach ganz dem Nachthimmel. Der Mond mit seinem hasenförmigen Schatten schwankte am Ufer, als ob er dort vor Anker läge. Alles, was sich an diesem Ort befand, war still und klar. Die Landschaft kam Sakura wie eine Illusion vor.

Ich wusste gar nicht, dass es hinter dem Institut so einen magischen Ort gibt …

Sakura war selten außerhalb der Krankenstation und hatte nicht mitbekommen, dass über ihr jeden Abend ein wunderschöner Sternenhimmel stand, geschweige denn, dass es diesen See gab. »Was für ein toller Anblick …«, staunte sie.

Lächelnd betrachtete Sasuke Sakuras kindlich strahlendes Gesicht von der Seite: »Es wäre schön, wenn wir das auch Sarada zeigen könnten, nicht wahr …?«

»Ja. Sie interessiert sich in letzter Zeit sehr fürs Weltall. Neulich waren wir mit Ino und anderen auf der naturwissenschaftlichen Ausstellung in der Akademie der Wissenschaften. Da las sie ganz eifrig die Erklärungen über den Mond und die Sterne.«

Das wusste ich gar nicht …

Sasuke berührte Sakuras Hand. Ihre Finger, die von der frischen Luft draußen kühl waren, fühlten sich etwas schmaler an als in seiner Erinnerung. Er dachte nach, wie viele ihrer Erlebnisse er in seiner Abwesenheit verpasst haben könnte.

Dass Sakura seine Frau war und sie zu einer Familie gehörten, änderte sich nie, auch wenn sie keinen Ring trug, auch wenn sie nicht immer bei ihm war – daran glaubte er fest, weil er einst von seinem besten Freund gelernt hatte, dass die Bindung zwischen den Menschen das Wichtigste sei. Zwischen Sakura und ihm gab es eine Bindung, die jeden Abstand überwinden konnte. Sie blieb immer ein unersetzlicher Partner, auch wenn er sie nicht jeden Tag sah.

Dennoch …

Dennoch vermisste er sie manchmal plötzlich und schmerzlich. Besonders, wenn er wegen einer langwierigen Mission lange Zeit nicht in sein Dorf zurückkehren konnte.

Er konnte ihre Stimme nicht hören, gerade wenn er es am meisten wollte. Er konnte sie nicht anfassen, gerade wenn er es am meisten wollte. Er überlegte, ob so was wie ein Ring, der die Bindung sichtbar macht, ihm in solchen Momenten helfen könnte.

»Sakura«, sprach er sie unbeholfen an. »Einen Ring …

brauchst du den? Nicht so einen aus Chakra, meine ich. Wenn wir wieder im Dorf sind … Einen normalen …«

Trotz der ungeschickten Formulierung verstand Sakura Sasukes Frage und überlegte einen Moment.

»Ob ich einen brauche? Ich weiß nicht recht … Vielleicht hätte ich mir früher manchmal einen gewünscht … Aber wahrscheinlich würde er meiner Hand gar nicht stehen«, lächelte sie und hob ihre Hand dem Mondschein entgegen.

Ihre von Desinfektionsmitteln rau gewordenen Hände waren der Beweis, wie vielen Patienten sie geholfen hatte. Darauf war Sasuke stolz. Er mochte ihren ernsten Blick bei der Arbeit. Er mochte, wie aufmerksam sie eine Wunde behandelte. Wie sie ihre Ärmel hochzog, bevor sie das Chakra in einen Patienten fließen ließ. Nach jeder Behandlung schrieb Sakura außer einer Krankenkarte eine Notiz für sich selbst. Immer wenn er sah, wie fleißig sie weiter an ihrem Wissen arbeitete, und spüren konnte, dass sie auf ihre Weise zur Entwicklung des Dorfes beitrug, war er glücklich.

»Ich …«, sagte er langsam, wobei er auf den See vor sich schaute, »… habe mir nie Sorgen gemacht, ob jemand meinen Platz einnehmen könnte, während ich nicht da bin. Nie.«

Sakura nickte.

»Aber manchmal … bin ich frustriert, wenn ich nach

langer Zeit heimkehre und zum Beispiel sehe, dass Sarada gewachsen ist oder dass du eine andere Frisur trägst.«

»Dieses Gefühl habe ich schon auch manchmal. Zum Beispiel, als ich deine Krähenfüße entdeckt hatte.«

»Ich habe Falten?«

»Nur ganz kleine, wenn du lachst. Damit siehst du reifer und attraktiver aus.«

»Du hast dich nicht verändert«, sagte Sasuke und berührte Sakuras Augenwinkel. »Du könntest ruhig mehr Falten haben.«

»Äääh?«, lachte Sakura, dann senkte sie ihren Blick. »Was ist plötzlich los mit dir? Hat dir jemand was gesagt?«

»Nein. Nur so.«

»Wirklich?«

Sakura lachte, als hätte sie alles durchschaut.

»In Ordnung. Ich kenne dich ja.«

Sasuke wünschte, er könnte immer so mit Sakura zusammen sein wie in diesem Moment. Aber er wusste, dass das nicht ging und er sich damit abfinden musste, dass sie beide ihre je eigenen Aufgaben hatten. Die Dorfleute brauchten Sakura, Sarada hatte ihren eigenen Traum, den sie sich nur in Konohagakure erfüllen konnte. Und nur Sasuke konnte in unerschlossenen Ländern arbeiten und die Lage erkunden, um von dort aus Naruto zu unterstützen. So gab jeder auf seine Art sein Bestmögliches für das Dorf.

Sakura zog aus ihrer Tasche die Karten der »Sternenketten«, die die Hand »Erde« ergaben.

»So, besorgen wir schnell die Zenit-Partikel und kehren wir zurück in unser Dorf.«

»Ja.«

Sakura überprüfte die Fingerzeichen, indem sie die Bilder der Karten anschaute.

Sasuke wurde plötzlich auf das Bild auf der Rückseite der Karten aufmerksam. Eine Echse, die Menou ähnelte, schlängelte sich um einen Felsen. Sasuke erinnerte sich daran, dass das gleiche Motiv auch im Buch Himmelsbild zur Verzierung diente.

»Warum ist da eine Echse dargestellt?«

»Hm?«

»Unter den Sternbildern im Buch Himmelsbild gibt es doch gar keine Echse.«

Sakura schaute auf die Rückseite der Karten und nickte überzeugt.

»Das ist wahrscheinlich keine Echse und auch kein Fels, sondern ein Drachenviech und ein Meteorit.«

»Drachenviech und … Meteorit?«

»In uralten Zeiten sollen viele Drachenviecher diese Gegend bevölkert haben, so erzählen es Legenden. Aber nach dem Absturz eines Meteorits sollen sie ausgestorben sein. Das geschah allerdings vor Zigtausend Jahren und hat sicher nichts mit Rikudo Sen'nin zu tun.«

Da fiel Sasuke ein, dass auch in dem Buch, das Penjira angeschaut hatte, stand, dass man in dieser Gegend Fossilien finden könne.

Fossilien ...?

Sasuke erinnerte sich an die riesigen Felssteine, die er im Keller gesehen hatte.

Falls darin Fossilien von Drachenviechern stecken, die Zansuru die Gefangenen hat ausgraben lassen ... Und falls der Mann namens Orochimaru mit dem Schlangenkerl identisch ist, den ich kenne ...

Sakura faltete ihre Hände. Sie schloss langsam ein Fingerzeichen nach dem anderen, wobei sie die Bilder der sechs Karten genau prüfte.

Drachenviecher, die durch einen Meteorit ausgelöscht worden waren ... Die Fossilien und die Hühner im Keller ... Und die Kunst, die Orochimaru studierte ... Edotensei.

Sasuke betrachtete diese drei Faktoren zusammen und fühlte, wie ein Schauder ihn ergriff.

Vielleicht will Zansuru die Drachenviecher aus den Fossilien wieder aufleben lassen ... Theoretisch ist es durchaus möglich, die Drachenviecher wieder aufleben zu lassen, mit der DNA, die er aus Fossilien gewonnen hat, und mit ihren direkten Nachfahren, den Vögeln, als Opfer ...

Plötzlich verschwand der Sternenhimmel von der Seeoberfläche. Das Wasser bebte und schlug hohe Wellen. Sasuke hob den Blick und sah, dass Sakura neben ihm die Fingerzeichen zu Ende geschlossen hatte.

Die Wasseroberfläche glänzte hell und ein gleißender Lichtstrahl stieg vom Boden des Sees empor. Inmitten des Strahls tauchte langsam ein Bambusgefäß auf, das mit mehreren Talismanen versiegelt war.

»Stecken in dem Gefäß ... die Zenit-Partikel?«, noch zweifelnd, streckte Sakura die Hand aus und ergriff das Gefäß. Im gleichen Moment erlosch das Licht, und die ganze Landschaft sah aus wie zuvor.

Sakura berührte vorsichtig die Oberfläche der Talismane, zog ihre Hand aber sofort zurück: »Eine ungeheure Menge Chakra ...«

»Was?«

Obwohl er es nur leicht angetastet hatte, spürte Sasuke eine stechende Spannung. So viel Chakra hätte nur ein außergewöhnlicher Könner zu handhaben gewusst. Sie konnten das Gefäß zwar nicht öffnen und den Inhalt prüfen, aber sie waren überzeugt, dass die von Rikudo Sen'nin versiegelten Zenit-Partikel in diesem Gefäß steckten.

Die beiden hatten endlich ihre Mission erfüllt – sie hatten die Zenit-Partikel. Doch ...

Sasukes Gedanken kreisten voll und ganz um eine andere Sache: »Sakura, was für körperliche Unterschiede gibt es zwischen Drachenviechern und Echsen?«

»Hm? Was ist mit den Drachenviechern?«

Ohne zu ahnen, worum es ging, antwortete Sakura mit einer Gegenfrage, wobei sie noch immer das Gefäß mit den Zenit-Partikeln festhielt.

»Ich möchte wissen, was Drachenviecher körperlich von Echsen unterscheidet.«

»Ähm ... Ihre Hinterbeine standen senkrecht unter dem Rumpf. Das ist der größte Unterschied zu den Echsen. Während Echsen sich kriechend auf allen Vieren fortbewegen, sollen sich viele der Drachenviecher auf zwei Beinen fortbewegt haben, wobei sie durch eine Gewichtsverlagerung nach vorne und nach hinten ihren Gang ausbalancierten.«

Sasuke erinnerte sich daran, wie er gegen Menou gekämpft hatte. Menou rannte, indem er seinen langen Kopf nach vorne streckte und den Schwanz hin und her bewegte. Das war offensichtlich eine zweibeinige Fortbewegungsart durch eine Gewichtsverlagerung nach vorne und nach hinten.

Menou ist keine Echse, sondern ein Drachenviech, das durch Edotensei wieder aufleben konnte ...

Das klärte die offene Frage zu Menou: Gegen Menou hatte keine Genjutsu funktioniert, weil er offenbar bereits von jemandem mit Edotensei gesteuert wurde.

Zansuru hat im Keller Fossilien und Hühner. Menou soll nicht das Einzige bleiben, er will noch mehr Drachenviecher mit Edotensei wieder aufleben lassen ...

»Sakura, kehren wir zum Institut zu...«

Gerade als er »zurück« sagen wollte, krachte es ohrenbetäubend.

Er schaute die Felsen hinauf. Eine riesige Staubwolke wirbelte rund um das Institut.

»Was war das?! Eine Explosion?!«

»Nein ...«

Aus dem Staub schwangen sich riesige graue Lebewesen in den Himmel hinauf, eins nach dem anderen ... mit zwei dünnhäutigen Flügeln wie Fledermäuse, einem lanzenartig spitzen Schnabel und riesigen Krallen wie Menou.

»Sind das ... Drachenviecher?!«

Sakura raubte es den Atem. »Wie das ...? Sie sind doch ausgestorben ...«

»Zansuru hat sie mit Edotensei wieder aufleben lassen.«

Sasuke hatte es zu spät begriffen – die Drachenviecher der Urzeit waren im Hier und Jetzt wieder zum Leben erweckt worden, um Zansuru und dem Premierminister als Streitkraft zu dienen.

KAPITEL 6

Grell kreischend zogen die wieder aufgelebten Flugsaurier, die Pteranodonten, über Sasuke hinweg. Mindestens zehn Stück. Sasuke schnalzte mit der Zunge und hielt mitten im Sprung kurz inne …

»Sakura! Geh zurück zum Institut und suche Zansuru!«

»Und du?!«

»Ich jage die Flugsaurier!«

Er musste zuerst die fliegenden Tiere fangen. Wenn sie in alle Richtungen fortflogen, konnte selbst er nicht alle zugleich jagen.

Sakura nickte und eilte zum Institut. Sasuke wollte Susanoo herbeirufen, um hinauf in die Lüfte zu gelangen, aber noch bevor er es tat, trat ihm der Gegner entgegen.

»Hier bist du also, Nummer 487.«

Zansuru, der wie immer übertrieben ruhig lächelte, sprang vom Rücken eines gelandeten Flugsauriers.

»Zansuru …« Sasuke blickte den Mann kalt an. »Du

hast die Drachenviecher wieder aufleben lassen, nicht wahr? Was ist dein Ziel?«

»Pft! Das verrate ich dir natürlich nicht. Aber ich habe eine Frage an dich.«

»Du willst mir eine Frage stellen, aber meine Frage nicht beantworten?«

Sasuke zog den Dialog in die Länge, während er überlegte, wie er Zansuru das Fingerzeichen zum Auflösen schließen lassen könnte.

Das Problem waren die künstlichen Augen. Bei Glasaugen funktionierte keine Augenkunst. Sasuke überlegte, ob er Zansuru mit Gewalt zwingen könnte, das Fingerzeichen zu schließen. Ob Folter bei ihm wirkte oder nicht, hing davon ab, wie loyal er dem Premierminister gegenüber war.

»Es scheint dir nicht klar zu sein, dass du hier weder was fragen und noch zu sagen hast. Du bist nichts als ein entwurzelter Verlierer. Aber ich bin ein Vertreter der Staatsgewalt.«

»Edotensei ist eine verbotene Kunst. Wenn du behauptest, die Staatsgewalt zu repräsentieren, muss euer Land bestraft werden.«

»Edotensei?«, Zansuru hob fragend eine Augenbraue. »So nennt sich die Kunst, Tote wieder aufleben zu lassen, in eurem Land?«

Offensichtlich war die Kunst, die Zansuru benutzte,

nicht ganz dasselbe wie die Edotensei, die Sasuke kannte.

Wumpf!

Hinter sich hörte Sasuke ein Krachen. Etwas brach zusammen. Vermutlich lag ein Teil des Instituts in Trümmern.

Ist bei Sakura alles okay? Konnte sie ohne Probleme zum Institut gelangen?

Sasuke blickte die Klippe hinauf und Zansurus Blick schien zu folgen. Offensichtlich erkannte Zansuru Sasukes Bewegungen. Nicht mit den Augen, aber auf andere Weise nahm Zansuru seine Umgebung genauestens wahr.

Sasuke blickte wieder zu Zansuru und fragte: »Ist es dein Ziel, die wieder aufgelebten Drachenviecher als Waffen einzusetzen, um die Intrige des Premierministers zu unterstützen?«

»Oh, du bist gut informiert. Das heißt ... eure Kameraden sind auch im Dorf Nagare?«

»Wenn ja, was willst du dagegen tun?«

»Dann besiege ich sehr gerne alle auf einmal, die sich dem Premierminister widersetzen.«

»Pft!« Sasuke hob einen Mundwinkel. »Gehört es auch zum Plan des Premierministers, alle Gefangenen zu töten?«

»Was ist so schlimm daran?«

Zansuru, der die ganze Zeit übertrieben ruhig gelächelt hatte, machte plötzlich ein ernstes Gesicht.

»Sie haben Landesgesetze übertreten, sie haben den Tod verdient. Eigentlich möchte ich meine wertvollen Drachenviecher ungern mit solchen Kerlen füttern. Aber um sie zum Schweigen zu bringen, geht es nicht anders. Wenn es nicht dem Plan des Premierministers entspräche, hätte ich niemals die Abfallentsorgung übernommen. Ich bin es wert, die Staatsgewalt zu repräsentieren, ich gehöre zu den geistigen Anführern und zur Elite des Landes, anders als sie, diese jederzeit ersetzbaren Werkzeuge!«

Zansuru, der sich beim Reden immer mehr aufregte, schob seine Brille hinauf, die fast bis zur Oberlippe heruntergerutscht war. Er schrie hysterisch: »Ich wäre niemals hergekommen, wenn es nicht für den Premierminister wäre!«

Dieser Mann schien Sasuke loyal genug zu sein, um trotz Folter nichts zu verraten.

Ich muss also zu einer anderen Methode greifen ...

Sasuke setzte seine Sharingan in Gang, richtete die rot strahlenden Augen auf Zansuru, prüfte die Menge des Chakras in diesem und ließ verwirrt die Pupillen mit dem Tomoe-Muster kreisen.

Die Menge des Chakras, das in Zansurus Körper floss, unterschied sich nicht von normalen Menschen. Zansuru war also kein Ninja. Somit konnte er auch keinesfalls die Wiederbelebungskunst anwenden.

Was bedeutet das? Wenn nicht Zansuru, wer hat dann die Drachenviecher wieder aufleben lassen …?

»Was ist? Du siehst blass aus«, spottete Zansuru überheblich, noch immer ein wenig aufgebracht.

Im nächsten Moment spürte Sasuke Blutdurst hinter sich und sprang ruckartig nach vorn. Menous Fangzähne erwischten Sasukes Jacke am Saum.

Ein Pteranodon glitt hinunter, packte Zansuru im Nacken und flog mit ihm hinauf.

»Menou, alles Weitere überlasse ich dir! Töte diesen Mistkerl!«

Zansuru ist extra mit einem Drachenviech zu mir geflogen, damit Menou mich tötet …

Stets seine Sharingan in Gang haltend, stellte sich Sasuke Menou entgegen. Orochimaru und Kabuto hatten ihre wiederbelebten Menschen mit Karten gesteuert, die sie in deren Köpfen implantiert hatten. Aber Menou trug nichts Vergleichbares in seinem Kopf. Offenbar funktionierte diese Wiederbelebungskunst anders als die Edotensei, die Sasuke kannte; es war wohl eine veränderte Version der Kunst, die von Hokage dem Zweiten entwickelt worden war.

Aber die durch diese neue Kunst Wiederaufgelebten

schienen auch unsterblich zu sein, genau wie durch Edotensei Wiederbelebte.

Um Menou aufzuhalten, muss ich ihn fesseln statt töten. Vielleicht durch »Amaterasu«, die schwarzen Flammen, die nie erlöschen, bis sie den Gegner ausbrennen ... Doch dann müsste Menou in den Flammen ewig leiden, ohne sterben zu können. Wenn es gar nicht anders geht, muss ich vielleicht zu dieser Methode greifen, aber ich möchte sie möglichst vermeiden.

Mein Bruder hat damals durch »Kotoamatsukami« Kabutos Edotensei-Kunst überwunden – das war Shisui Uchihas Genjutsu mit den Mangekyo-Sharingan ... In ähnlicher Weise möchte ich diese Wiederbelebungskunst überschreiben. Aber ... ob es wie gegen einen Menschen klappt, wenn man auf diese Art gegen ein Tier mit niedrigerer Intelligenz vorgeht ...?

»Menou.«

Das Tier reagierte auf Sasukes Stimme, indem es sich langsam duckte. Die schwarzen Pupillen inmitten der gelben Regenbogenhäute verengten sich zu schmalen Schlitzen. Menou war kampfbereit.

»Rühr dich noch nicht. Sei ruhig und hör mir zu.«

Als Sasuke einen Schritt vortrat, riss Menou sein Maul weit auf und sprang federnd voran. Sasuke nahm sein Schwert, zog es aber nicht aus der Scheide, und fing damit Menous Fangzähne ab. Wütend stieß Menou mit den

Vorderbeinen gegen das in seiner Hülle steckende Schwert, um es zu zerreißen.

An Menous Bauch war noch deutlich die Brandwunde zu sehen. Anders als Schnitt- oder Stichwunden schienen Brandwunden bei ihm nur langsam zu heilen.

»Beiß ruhig zu.«

Das misstrauische Tier verbiss sich in das umhüllte Schwert. Langsam ließ Sasuke das Schwert los und bewegte seine Hand.

»Beruhige dich. Alles in Ordnung. Ich will dir nicht wehtun.«

Sasuke streckte seine Hand Menous Bauch entgegen und schmiedete mit den Fingerspitzen das Chakra. Er schuf mit Suiton Nebel, den er mit Futon abkühlte und so Eis erzeugte.

Von der Kälte überrascht, zuckte Menou zusammen.

»Alles gut«, sagte Sasuke leise und begann, Menous Brandwunde mit einer dünnen Schicht Eis zu überziehen. Die Eisschicht legte sich klirrend auf die Wunde und kühlte sie ab.

Menou schüttelte seinen Körper und neigte den Kopf, als ob er zu begreifen versuchte, was Sasuke vorhatte. In seinen Augen konnte man keinen Hass mehr erkennen. Zumindest schien es Sasuke so.

»Menou, verzeih mir, dass ich dich neulich so verletzt habe.«

Sasuke streckte langsam seine Hand zur feuchten Nase von dem Tier.

»Es tat weh, ja? Verzeih mir. Ich mache es nicht noch mal.«

Im nächsten Moment riss Menou mit Schwung sein Maul auf. Obwohl Sasuke Menous Zähnen hätte ausweichen können, hielt er absichtlich seinen Arm ins Maul des Tieres. Menou schloss mit einem Knurren das Maul und versuchte mit aller Kraft, Sasukes Arm zu zerfleischen.

»Menou …«, sprach Sasuke ihn an, ohne zu versuchen, seinen Arm zwischen Menous Zähnen hervorzuziehen. »Hör mal. Möchtest du nicht an deinen Platz zurückkehren und dich etwas ausruhen? Ich kann dich zurückbringen. Aber dafür brauche ich deine Hilfe.«

Menous Atem beruhigte sich plötzlich. Seine Pupillen, die schmal wie Kiefernnadeln geworden waren, rundeten sich wieder etwas und schauten Sasuke an.

Als sich die Blicke der beiden trafen, aktivierte Sasuke seine Augen.

Sharingan!

Menou wurde zwar bereits durch die Wiederbelebungskunst gesteuert. Aber die Kraft von Sasukes Augen setzte ihn unter Druck. Sein Körper zuckte und sein Kinn lockerte sich.

Jetzt!

Sasuke stieß seinen Arm, den Menou zwischen den Zähnen gehalten hatte, tief in dessen Maul hinein. Er ergriff Menous lange Zunge und ließ durch die Schleimhaut sein Chakra in Menous Körper strömen. Menou hätte sich beinah übergeben und zuckte mit seinem ganzen Körper, wurde dann aber plötzlich still.

Konnte meine Genjutsu die Wiederbelebungskunst überschreiben?

Sasuke hatte kaum Erfahrungen darin, nichtmenschliche Wesen mit einer Genjutsu zu belegen. Er hatte noch kein richtiges Gespür dafür. Als er die Zunge des Tieres losließ, sackte es auf der Stelle zusammen. Sein langer Schwanz zitterte.

»Menou«, rief Sasuke.

Menou öffnete langsam seine Augen.

Die eben noch verschleiert blickenden gelben Augen des Tieres fokussierten Sasukes Gesicht, der lange Echsenschwanz streckte sich.

Tapp!

Menou stampfte auf den Boden und stürzte auf Sasuke zu. Um ihn abzufangen, wollte Sasuke gerade ein Kunai aus der Tasche ziehen, aber bemerkte schnell, dass Menous Blick anders wirkte als zuvor. Sasuke entspannte sich.

Das Tier legte seine Vorderbeine auf Sasukes Schultern und drückte Sasuke nach hinten, der sich darauf einließ. Dann beugte sich Menou über Sasuke und – fing an, die blutende Bisswunde an seinem Arm mit seiner langen Zunge abzulecken.

KAPITEL 7

»Was zum Teufel ist das?! Wo sind die hergekommen?!«

»Komm nicht hierher! Nein, komm nicht! Nein, nein, neiiiii…«

Die Gefangenen waren in Panik. Riesige Monster krochen eins nach dem anderen aus einem gigantischen Erdspalt, der sich plötzlich im Innenhof aufgetan hatte, und fielen über sie her. Monster, wie sie die Gefangenen noch nie gesehen hatten. Der Innenhof wurde zu einer mörderischen Falle.

»Was sind das für Ungeheuer?! Wieso sind die plötzlich hier?!«

Im Keller, der sich direkt unter dem Innenhof befand, waren die Drachenviecher wieder aufgelebt, die nun das Kellergewölbe mit ihren riesigen Körpern durchbrachen und nach außen drangen. Die Gefangenen wussten nicht, wie ihnen geschah. Sie wurden von den Ereignissen ausnahmslos überrascht und rannten panisch um ihr Leben.

»Nein! Lass mich los! Hör auf! Aah! Aaah! Uaaah!!«

Auf Flugsaurier folgten stachelschuppige Echsensaurier, die nicht viel größer als Menschen waren. Diese Spinosaurier sprangen mit ihren flexiblen Körpern die Gefangenen an und bissen in ihre Gesichter, besonders in ihre Kinnpartie. Die Spinosaurier hatten nach einem Biss genug, und die Qual ihrer Opfer war groß. Mit ungeheuren Schmerzen wanden sich die gebissenen Häftlinge sich auf dem Boden.

Der barackenartige Mehrzweckbau stürzte auf einen Schlag in sich zusammen, als ein Pachycephalosaurus mit einem Kopfstoß einen Stützpfeiler zerbrach. Die Trümmer des Gebäudes begruben mehrere Gefangene, die nicht rechtzeitig fliehen konnten. Das Grauen, von den Monstern angegriffen zu werden, erlebten diese nicht mehr.

Pachycephalosaurus war ein Drachenviech mit dickem Schädeldach. Er neigte seinen robusten Kopf und stürzte sich geradewegs auf alles, was in seinem Weg war. Einer der fliehenden Gefangenen stolperte, fiel hin und brachte den Mann hinter sich auch zu Fall. Weitere Gefangene stolperten einer nach dem anderen wie Spielsteine übereinander. Auf dieses Dutzend gefallener Menschen stürzte sich Pachycephalosaurus. Manche wurden von dem rasenden Tier in die Erde gedrückt, manche wurden durch den Kopfstoß über zehn Meter weit geschleudert. Alle kamen sofort ums Leben. Und die, die verschont geblieben waren, wurden an die Mauer getrieben und saßen in der Falle.

Die Mauer auf der Südseite war durch die Kopfstöße des Pachycephalosaurus bereits halb zerstört, aber auf der Nordseite war die Mauer noch unbeschädigt. Ein Gefangener, der seinen Nebenmann wie eine Stufe benutzte und verzweifelt versuchte, die Mauer hinaufzuklettern, rutschte immer wieder in die Tiefe. Hilflos waren die Männer dem dickschädeligen Saurier ausgeliefert, Pachycephalosaurus stampfte unheilvoll und duckte sich.

»Aah! ... Nein! ... Verschwinde!«

»Hi...Hilfe ...«

Einer der Männer brach ohnmächtig zusammen, der andere klammerte sich jammernd an die Mauer.

Pachycephalosaurus streckte seinen stahlharten Kopf vor und stürzte sich auf sie. Alle rechneten mit ihrem Tod. In diesem Moment ...

»Ich pack eeeees!!«

Mit diesem Kampfschrei brach die Mauer hinter den Männern plötzlich krachend zusammen. Durch die aufgewirbelte dicke Staubwolke rannte die allseits geschätzte Ärztin des Instituts.

Die Gefangenen stürmten zu der Lücke und flüchteten schreiend aus dem Innenhof.

Pachycephalosaurus stand verblüfft da und begriff

nicht, was passiert war – und bekam umgehend einen so kräftigen Kinnhaken verpasst, dass er von den Beinen gerissen wurde.

Sakura verhalf noch weiteren Gefangenen durch die Mauerbresche zur Flucht und eilte dann zum Hauptgebäude. Die Flüchtenden wurden zwar auch außerhalb der Mauern von den Drachenviechern verfolgt, hatten draußen aber eine höhere Überlebenschance als innerhalb der Mauern.

Überall war das Stöhnen von verwundeten und sterbenden Menschen zu hören.

Als Ärztin fiel es Sakura sehr schwer, einfach an diesen Menschen vorbeizugehen und ihnen nicht zu helfen, aber momentan musste sie etwas anderes tun, um möglichst viele Leben zu retten. Sie musste möglichst schnell Zansuru finden und ihn die Edotensei-Kunst aufheben lassen. Sonst würden den wiederbelebten Drachenviechern noch mehr Menschen zum Opfer gefallen.

Um Zeit zu sparen, lief sie nicht die Treppe hinauf, sondern sammelte ihr Chakra in den Fußsohlen und rannte die Außenwand hoch, sodass sie direkt ins Zimmer des Institutsleiters gelangen konnte. Sie trat die Fensterscheibe ein und sprang hinein – aber niemand war da. Sie untersuchte den Schreibtisch und die Bücherregale, fand aber keine Dokumente, die etwas mit der Wiederbelebungskunst zu tun hatten.

»Wo steckt er bloß …?«

Sakura begann zu suchen. Vom dritten Stock bis runter zum Keller wollte sie sich systematisch durcharbeiten. Als sie aus dem langen Flur in den zweiten Stock hinabging, traf sie im Treppenhaus auf eine Gruppe angsterfüllter Gefangener; auf der Flucht vor den Drachenviechern waren jene hier gelandet.

»Es ist gefährlich, im Gebäude zu bleiben. Ihr solltet besser das ummauerte Gelände verlassen und möglichst weit weg fliehen.«

Nach einem kurzen Gespräch mit den Gefangenen untersuchte Sakura jedes Zimmer im zweiten Stock. Das Sternenbeobachtungszimmer, das Archiv, die Privatzimmer der Aufseher. Aber nirgendwo fand sie Zansuru.

Ich muss ihn schnell finden! Sonst fallen ihm immer mehr Menschen zum Opfer!

Dann, in all der Eile, stieß sie in einer Ecke des Flurs mit jemandem zusammen.

»Jiji!«

»Ach, Sie sind verschont geblieben. Wie schön«, Jiji atmete tief aus, als sei er beruhigt. »Aber was ist bloß los? Echt … was geht hier vor sich? Diese Riesendinger … woher sind die gekommen?«

»Der Leiter ist schuld daran«, erklärte Sakura ihm

hastig. »Er hat eine Kunst, Tote wieder zu beleben, bei Fossilien angewandt und so die Drachenviecher wieder aufleben lassen. Ich muss den Leiter finden und ihn die Kunst aufheben lassen …«

»Zansuru war gerade noch im Innenhof.«

»Draußen?«

Normalerweise brauchte man eine ruhige Umgebung, um eine so anspruchsvolle Kunst wie Edotensei auszuüben. Deshalb war Sakura davon ausgegangen, Zansuru hätte sich in einem abgelegenen Zimmer im Institut versteckt. Aber offenbar hatte sie sich geirrt.

»Danke, Jiji. Flieh du auch schnell.«

»Ja, das mache ich«, nickte Jiji, aber zog dann plötzlich heftig an Sakuras Arm.

Völlig überrascht verlor Sakura das Gleichgewicht und fiel Jiji entgegen. Im nächsten Moment spürte sie im Rücken einen stechenden Schmerz.

»Äh …«

Sakura sank erst auf die Knie, dann fiel sie mit dem Gesicht voran zu Boden.

Das Kunai, das ihr in den Rücken gerammt worden war, fiel klappernd herunter.

»Tut mir leid.«

Poch!

Sakuras Herz schlug heftig, ihren gesamten Körper erschütterte es. Wie das Sausen eines Sturms hörte sie das strömende Geräusch ihres Pulses im Ohr. Ihre Hände und Füße wurden kalt, gleichzeitig durchströmte es ihren zuckenden Körper aber so heiß, als kochten ihre inneren Körperzellen.

Diese Symptome … Genau wie bei Sasuke, als er von Menou vergiftet worden war …

»Du steckst … mit Zansuru … unter … einer Decke …« Sakura bewegte nur ihre Augen und starrte Jiji an.

»Ja. Und ich weiß, dass Sie zu Sasuke gehören. Ich habe Sie beide machen lassen, weil wir allein das Rätsel um das Buch Himmelsbild nicht lösen konnten.«

Jiji kniete sich hin und zog das Gefäß mit den Zenit-Partikeln aus Sakuras Tasche, während diese sich nicht mehr rühren konnte.

»Gib mir das … zurück …«

Sakura bewegte mit allerletzter Kraft ihre gelähmte und zitternde Hand und fasste Jiji am Fußgelenk.

Ich darf die Zenit-Partikel niemals Jiji überlassen. Ich habe Naruto mein Wort gegeben, dass Sasuke und ich ihm bestimmt Hilfe bringen.

Jiji schnalzte mit der Zunge und trat nach Sakura, die es mit großer Wucht durch den Flur schleuderte. Ihr Aufprall verursachte einen großen Riss in der Wand, ihren Rücken und Kopf erschütterte es. Sakura wurde mit jeder Sekunde unbeweglicher, sie konnte kaum atmen, geschweige denn aufstehen.

»Aah … Uuu…aah …«

Mit dunklem Blick schaute Jiji Sakura tief in die Augen.

»Ich … mochte Sie wirklich gerne. Sie ähneln meiner Freundin. Ihre Stimme, ihre ganze Art … Darum tut es mir sehr leid, dass Sie hier sterben müssen. Aber Sie sind nun einmal nicht Margo«, sagte Jiji mitleidig und schloss vor der Brust ein Fingerzeichen.

Der Boden im Innenhof bebte krachend. Die Kanten der entstandenen Erdspalte türmten sich höher und höher. Der Mandelbaum, der bald in voller Blüte gestanden hätte, wurde mitsamt den Wurzeln aus der Erde gerissen und fiel mit seinen zahllosen Knospen zu Boden. Ein schuppiges Lebewesen schlängelte sich wie eine Riesenschlange aus dem Riss.

»Was ist das …?«

Die ungläubigen Blicke der Gefangenen, die noch vor Ort waren, maßen erschüttert die Länge des riesigen Körpers ab, der bis zum Mond zu reichen schien.

Der Körperteil, der wie der Rumpf einer Schlange gewirkt hatte, war in Wirklichkeit ein mehr als zehn Meter langer Hals. Der Schwanz war genauso lang. Das größte Drachenviech aller Zeiten schaute in aller Ruhe von oben auf das dreistöckige Institut hinab; ein Titanosaurus war wieder aufgelebt.

Das Riesentier, das nach mehreren Zehntausend Jahren aus dem Schlaf erwacht war, hob seinen Hals zum Himmel hinauf, als ob es sich gähnend streckte. Die Spitze seines langen Schwanzes brachte mit einem Schwung die Reste des Mehrzweckbaus zum Einsturz. Schwere Trümmer flogen wie Regentropfen durch die Luft und wurden weit und breit zerstreut.

»Der Riese macht alles kaputt, selbst wenn er sich nur ein bisschen bewegt. Darum habe ich ihn erst jetzt zum Abschluss wiederbelebt.«

Der Titanosaurus hob sein Vorderbein und stapfte vorwärts.

Mit ungeheurem Krach neigte sich das ganze Institut: Durch das immense Gewicht des Titanosaurus brach das Fundament des Gebäudes zusammen.

Der ganze Raum bog sich und die Decke bekam einen Riss, der bis zum Ende des Flurs reichte. Die verputzten Wände hielten dem Druck nicht mehr stand und zerbröselten.

Jiji setzte einen Fuß auf die Fensterbank. Das Riesentier beugte seinen Kopf und begrüßte seinen Meister. Jiji sprang auf den Kopf des Riesentiers, drehte sich aber noch einmal zu Sakura um.

»Na dann ...«

Die zerborstenen Deckenpaneele fielen lärmend auf Sakura.

»... Urgh!«

Ohne auch nur einen Finger rühren zu können, stürzte Sakura durch die zerbrechenden Dielen hinab bis auf den Boden des unteren Stockwerks. Trümmer fielen ihr ins Gesicht und Wände stürzten über ihren Körper. Sie konnte nichts mehr sehen.

Das Institut brach dröhnend zusammen, mit Sakura mittendrin.

Der Komplize ist Jiji.

Sasuke eilte zusammen mit Menou gegen den Strom der flüchtenden Gefangenen zurück zum Institut, wobei er alle möglichen Drachenviecher, denen er begegnete, eins nach dem anderen niederschlug.

Zansuru nannte Kakashi »euren Kollegen«. Und nur Jiji wusste, dass Sasuke einen Partner hatte.

Zansuru war kein Ninja. Es musste Jiji sein, der die Wiederbelebungskunst anwandte. Und er musste ein Könner sein, denn er hatte so lange vor Sasuke seine Identität geheim halten können, beherrschte eine verbotene Kunst und hatte so viele Drachenviecher auf einmal wieder aufleben lassen.

Das Institutsgelände sah schauderhaft aus. Die Mauer, der Mehrzweckbau und die Bibliothek waren völlig zerstört, nur das Hauptgebäude stand noch; Drachenviecher steckten ihre Schnauzen in zerfledderte Leichen und hielten Mahlzeit. Unter den blindlings flüchtenden

Menschen war Sakura nirgends zu entdecken. Sasuke vermutete, dass sie im Hauptgebäude nach Zansuru suchte.

»Menou, wir trennen uns jetzt. Hilf den Gefangenen bei der Flucht. Lass möglichst viele fliehen, verstanden?«, wies er Menou an und schaute sich dann nach dem Hauptgebäude um.

Ein schrecklicher Krach ertönte.

Den Boden des Innenhofs, den bereits ein tiefer Spalt durchzog, zerriss es nun vollkommen. Aus dem riesigen Riss tauchte ein enormes Drachenviech auf, das nicht weniger als dreißig Meter lang zu sein schien. Sein Gewicht zerstörte die unterirdischen Fundamente, die Wände des Gebäudes begannen zu bersten und – mit einem Mal stürzte das ganze Gebäude in sich zusammen.

Sasuke war fassungslos. Im Institut musste noch seine Frau sein.

»Sakura!«

Sasuke stürmte in die Staubwolke und suchte in den Trümmern.

»Sakura! Wo bist du?!«

Er hörte keine Antwort.

Er suchte mit den Sharingan, aber er spürte Sakuras Chakra nicht. Sasuke geriet mehr und mehr in Panik. Solange er nicht wusste, wo sie steckte, konnte er keine Trümmer sprengen.

Sakura war kein gewöhnlicher Jonin. Selbst wenn solche Trümmerberge auf sie fielen, machte es ihr normalerweise nichts aus. Aber wenn sie kein Chakra benutzen konnte, war alles anders.

Das Gift, das an Menous Krallen geschmiert worden war … Wenn sie mit dem gleichen Mittel vergiftet worden war, konnte sie sich nicht aus eigener Kraft retten. Das wusste Sasuke nur zu gut aus eigener Erfahrung.

»Verdammt …!«

Sasuke biss sich nervös auf die Lippen.

Wie kann ich Sakura bloß finden?

Die Sorge machte Sasuke ganz konfus, er konnte sich kaum konzentrieren. Ihm blieb nichts übrig, als weiter in den Trümmern zu wühlen.

»Sakura! Antworte!«

Als sie zu sich kam, sah sie ein Bruchstück verputzte Wand. Die Spitze eines hervorstehenden Nagels war nur zwei Zentimeter entfernt von Sakuras rechtem Auge.

Was ist … mit mir passiert …?

Mit vernebeltem Kopf rief sich Sakura mühevoll das Geschehen ins Gedächtnis und erinnerte sich daran, wie das Institut über ihr zusammengebrochen war.

Sie hob den Blick. Unterhalb der Brust bedeckte ein massiver Pfeiler ihren ganzen Körper. Sie spürte, wie etwas Flüssiges hinter einen ihrer Oberschenkel lief, aber sie konnte nicht feststellen, wo sie blutete. Als sie tief einatmete, stieg ein stechendes Gefühl von ihrer Brust auf. Es war, als verdrehte es ihre inneren Organe.

Vorsichtig versuchte sie, sich zu bewegen. Die unter irgendetwas eingeklemmte linke Hand konnte sie nicht rühren, aber ihre rechte Hand war beweglich. Sie schob den Schutt vor ihren Augen ein wenig zur Seite, damit sie etwas mehr sehen konnte. Von Trümmern eingerahmt, war durch die Staubwolke ein schmales Stück Sternenhimmel zu erkennen.

Sakura versuchte es mit Chakraschmieden, aber in ihrem Körper tat sich nichts. Eine schlimme Lage – sie war gelähmt und unbeweglich und sie konnte nicht sprechen. Aus ihrem Hals fiepte es nur, sie brachte keinen richtigen Ton heraus. Dass sie kein Chakra schmieden konnte, bedeutete, dass Sasukes Sharingan sie nicht erkennen konnten. Sie musste sich aus eigener Kraft retten.

»Uurgh …!«

Sakura versuchte mit aller Kraft, den zitternden Arm zu bewegen und die Trümmer auf ihrem Körper beiseitezuschieben.

Als sie die Mauerstücke etwas anheben konnte, hörte sie, wie irgendwo ein Ziegel herabfiel. Erschrocken hielt sie inne. Würde sie die Trümmer über sich weiter bewegen, könnte etwas anderes herabfallen – und da sie nicht wusste, ob noch jemand außer ihr irgendwo unter dem Trümmerberg steckte, sollte sie möglichst nichts mehr bewegen.

Sie wusste nicht weiter.

»Hah … Hah …«

Sakura atmete heftig. Alles in ihrem Blickfeld war trüb und verschwommen.

Sie ärgerte sich, dass sie nichts tun konnte, obwohl die wieder aufgelebten Drachenviecher auch in diesem Moment die Gefangenen angriffen.

Ihr Puls war erschreckend schwach und eisige Kälte breitete sich von ihren Händen und Füßen aus, als ob ihr Körper von außen nach innen abstürbe. Alle Körperzellen waren erschöpft und wollten ihre Funktion einstellen.

Nein … Ich darf nicht ohnmächtig werden … Sonst komme ich hier nicht lebend raus …

Sakura biss sich auf die Lippen und versuchte mit allen Mitteln, bei Bewusstsein zu bleiben. Aber sie konnte nichts dagegen tun, dass die Kraft ihren Körper verließ. Und als Ärztin wusste sie ganz genau, dass man ein Gift niemals nur mit geistiger Kraft überwinden konnte.

Die von kirschblütenfarbenen Wimpern gesäumten Augenlider schlossen sich. Sakuras Bewusstsein versank in Dunkelheit.

»Sakura!«

Eine vertraute Stimme holte Sakuras Bewusstsein zurück. Sie schlug langsam die Augen auf und erblickte das schöne Gesicht, nach dem sie sich so gesehnt hatte.

Alles Gewicht, das auf ihren Körper gedrückt hatte, war verschwunden. Alle Trümmer auf ihr waren beseitigt. Sasuke stützte sie an den Schultern, richtete sie auf.

Sie wollte seinen Namen rufen, aber kein Laut kam aus ihrer brennenden Brust. Dennoch presste Sakura voller Anstrengung ein paar Laute hinaus, um eine wichtige Information mitzuteilen.

»... Ji ... Ji ... ist ...«

»Sag nichts«, erwiderte Sasuke kurz und berührte die Wunde an Sakuras Rücken.

Das Chakra, das er durch seine Hand schickte, strömte mit sanfter Wärme in Sakuras Körper. Das Gift verlor seine Wirkung, und der ausgekühlte Körper nahm wieder Wärme an. Zugleich erwachte aber auch ihr Schmerzgefühl. Überall hatte sie schreckliche Schmerzen.

»Kannst du dich bewegen?«

»Urgh ...«

Sie konnte noch nicht richtig sprechen. Aber als sie leicht nickte, entspannte sich Sasuke allmählich.

»Sasuke ... Danke ... dass du ... gekommen ... bist ...«

Vor Erleichterung, Schmerz und Wut flossen ihr nun die Tränen, die sie die ganze Zeit unterdrückt hatte.

»Tut mir … leid … dass ich … den Mistkerl Jiji … nicht aufhalten … konnte …«

»Sag nichts weiter. Du musst dich erholen.«

Sakura sah in Sasukes besorgtes Gesicht und ärgerte sich über ihre eigene Schwäche. Aber Sasukes Anwesenheit beruhigte sie über alle Maßen. Es war nicht der Gedanke an den Tod, der sie unter den Trümmern geängstigt hatte, sondern der Gedanke, dass sie Sasuke und Sarada womöglich niemals wiedersehen würde.

Die Wunde in Sakuras Rücken schloss sich langsam. Fingerspitzen, die sich vertraut anfühlten, wischten über ihre feuchten Wangen.

»Ein grandioser Anblick!«, lachte Zansuru blasiert.

Der Institutsleiter stand auf dem Rücken des Titanosaurus und sah auf die verzweifelt fliehenden Gefangenen herab. Neben ihm stand Jiji.

»Ich fühle mich wunderbar. Der Plan, für den ich so viel Zeit verwendet habe, ist endlich aufgegangen.«

»Das verstehe ich gut«, nickte Jiji, dem schrecklichen Geschehen unter ihnen schaute er teilnahmslos zu.

Ornithomimus rannten den Gefangenen hinterher, und die Gejagten hatten keine Chance, der überragenden Lauffähigkeit dieser vogelartigen Saurier zu entkommen – die kräftigen Hinterbeine der Ornithomimus waren doppelt so lang wie bei Menschen. Mit braunen Federn bedeckt, sahen diese wiederbelebten Tiere ähnlich wie Strauße aus.

Ein Ornithomimus trat mit seinem Hinterbein auf einen Gefangenen, der wie ein Ballon platzte. Mit einem Tritt war der menschliche Körper nur noch ein Fleischklumpen. Einem anderen Gefangenen hatte ein Ornithomimus mit seinen Krallen den Rücken aufgerissen, blutüberströmt krümmte sich der Verletzte. Zansuru erblickte ihn und zog die Augenbrauen zusammen.

»Wie erbärmlich er aussieht … Jiji, gib ihm den Gnadenstoß.«

Schweigend richtete Jiji seinen Blick auf den Titanosaurus. Das Riesentier hob ein Bein, das wie der Stamm eines alten Baumes aussah, stapfte ein paar Schritte voran und zerquetschte den leidenden Mann.

Überall traten Ornithomimus nach den Gefangenen und schleuderten sie durch die Luft. Zehn Meter und höher flogen die Gefangenen, ihre herabfallenden Körper erschlugen andere Gefangene. Zansuru sah dem Geschehen fasziniert zu und beobachtet, wie sich überall frisches Blut auf die trockene Erde ergoss.

»Diese Viecher sind ausgezeichnete Krieger. Der Premierminister wird sich sicher freuen«, sagte er und schaute hinauf zum Kopf des Titanosaurus, der weit über ihm schwebte.

»Sobald wir alle Gefangenen getötet haben, ziehen wir in die Hauptstadt und treffen den Premierminister.«

»Okay, aber vergiss nicht deine Vereinbarung mit mir.«

»Selbstverständlich. Wenn wir Nanara und die anderen getötet haben, gehen wir nach Nagare und suchen den Leichnam deiner Geliebten. Ich vergesse nie, wenn mir jemand einen Gefallen getan hat. Dass ich eine so großartige Streitmacht erlangt habe, verdanke ich dir, weil du mit deinem Chakra die Wiederbelebungskunst durchgeführt hast.«

Unter ihnen schnupperte ein Ornithomimus mit gerecktem Hals am Boden. Er erschnüffelte etwas und folgte der Geruchsspur, die unter den Trümmern einer Wand endete. Als er mit den Krallen seines Vorderbeins geschickt die Trümmer zur Seite schob, kam Ganno zum Vorschein, der sich zitternd in den Boden gedrückt hatte.

»Ach. Das ist dein Zellengenosse, oder?«

Zansuru sah Jiji vergnügt an. Jiji schaute hinunter zu Ganno, schweigend und mit verschränkten Armen.

»N...Nein!«, Ganno wich kriechend auf dem Hintern zurück. Er hatte wohl auf der Flucht einen Schuh verloren, sein rechter Fuß war nackt. Auf den Zehennägeln des runzligen, behaarten Fußes glänzten scharlachrote Muster. Zwischen den grauen Trümmern stach die prächtige Farbe geradezu heraus.

Der Ornithomimus hob langsam sein linkes Bein und streckte es Gannos magerem Körper entgegen.

»Uaaaaa …«

Gannos Schrei endete abrupt.

Frisches Blut tropfte.

Einen Augenblick war es still, dann krachte der abgeschnittene Fuß des Ornithomimus auf den Boden.

»Was?«

Zansuru zog verärgert die Augenbrauen zusammen.

Menou gab Ganno Deckung und sprang den Ornithomimus an, der nach dem Verlust seines Fußes das Gleichgewicht verloren hatte und taumelte. Menou schnappte nach dem Vogelsaurier.

»Gyaa!«

Schreiend stürzte der Ornithomimus und wand seinen ganzen Leib, um Menou abzuschütteln. Menou versenkte die Fangzähne in dem riesigen langen Hals. Ein anderer Ornithomimus rannte herbei, als er den Schrei seines Artgenossen hörte, und griff Menou von hinten an. Aber da Menou ihm rechtzeitig auswich, stieß sein ganzer Körper gegen den Artgenossen, den er retten wollte. Die beiden Ornithomimus rollten über zehn Meter weit, zerdrückten dabei mehrere Gefangene, stürzten in die Trümmer des Mehrzweckbaus und blieben reglos liegen.

»Jiji, was soll das? Warum hilft Menou den Gefangenen?!«, schimpfte Zansuru.

Jiji, den Stand der Wiederbelebungskunst überprüfend, stellte eine Abweichung fest: »Menou steht nicht mehr unter meiner Kontrolle …«

»Wegen Sasuke?«

»Wahrscheinlich.«

Ganno war geflohen, während Menou den Ornithomimus von ihm abgelenkt hatte.

Zansuru schnalzte genervt mit der Zunge, riss sich aber sofort wieder zusammen.

»Okay. Wir schaffen das auch ohne Menou.«

»Hoffentlich.«

Menou kämpfte tapfer gegen einen Ornithomimus, der um ein Mehrfaches größer war als er selbst. Er wich mit seinem kleinen Körper den Angriffen rasch aus, sprang den Gegner an und gewann so Zeit, damit die Gefangenen fliehen konnten. Aber wo er am Anfang nur gegen einen kämpfen musste, kämpfte er bald gegen zwei, dann gegen drei, und am Ende war er von fünf Ornithomimus umzingelt.

Menou blieb kein Ausweg mehr. Einer der fünf Gegner hob sein Bein, um ihn zu treten.

Krtsch!

Was das herabschnellende Bein abfing, war das Stichblatt von Sasukes Schwert. Und Sasuke drückte weiter gegen den Fuß des Ornithomimus, bis dieser nach hinten umfiel, den Fuß in die Höhe gereckt.

»Du hast gut Zeit gewonnen«, lobte Sasuke, und Menou schnurrte erfreut.

Menous Rückseite weiter gegen Ornithomimus-Attacken abschirmend fragte Sasuke leise: »Menou, wenn dir das zu viel ist, kann ich sie zurückschlagen. Was sagst du?«

Menou trat einmal auf den Boden, als wolle er sagen: »Unterschätz mich nicht.« Sasuke lächelte leise und rief: »Ab nach hinten!«

Sasuke und Menou stießen sich gleichzeitig vom Boden ab – und die Krallen eines Ornithomimus schlugen erfolglos durch die Luft.

»Es bringt nichts, jeden Angriff abzufangen. Halt Abstand, und zwar so lange, bis sie beim Angreifen eine Blöße zeigen.«

Die Ornithomimus gingen immer wieder auf Menou los, als gäbe es kein Morgen. Aber aus der Distanz waren ihre Bewegungen leicht vorhersehbar.

Sasukes Hinweis folgend wartete Menou bis zum richtigen Moment, duckte sich tief – und die Krallen des anstürmenden Ornithomimus schlugen über Menous Kopf ins Leere. Der allzu große Schwung brachte den Ornithomimus aus dem Gleichgewicht.

»Jetzt!«

Menou stürmte los, schnappte den Ornithomimus am Hals und riss ihm den Kopf ab. Der enthauptete Ornithomimus fiel um, alle Glieder von sich gestreckt. Sofort bedeckte Staub die Wunden und sie begannen zu heilen. Sasuke spießte den Kopf und den Rumpf jeweils mit einem langen Schwert fest in die Erde, damit sie nicht wieder zusammenwachsen konnten.

Von der Seite sprang ein rotbrauner Brocken Menou an: ein Tyrannosaurus, das stärkste fleischfressende Drachenviech, dessen Fossilien in der Gegend gefunden worden waren.

Vom Tyrannosaurus mit seiner ungeheuren Kraft niedergeworfen, versuchte Menou verzweifelt, sich zu befreien. Der allzu große Unterschied ihrer Körpermaße ließ den Versuch vergeblich erscheinen.

Zansuru lächelte vergnügt, als er sah, wie der Tyrannosaurus Menou niederhielt.

»Ein Kampf zweier Artgenossen. Aber besonders spannend wird der wohl nicht.«

»Artgenossen?«, fragte Jiji überrascht zurück. »Menou und der Tyrannosaurus?«

»Ja. Menou ist doch auch ein Tyrannosaurus. Aber eben noch ein Kind.«

Tatsächlich war ihr Körperbau ähnlich. Der große Tyrannosaurus sah offenbar nur wegen des Blutes seiner Opfer rotbraun aus. Seine eigentliche Hautfarbe schien wie bei Menou grau zu sein.

Jiji verfügte über keine Kenntnisse der ausgestorbenen Lebewesen. Er war nur wegen seiner Fähigkeiten als Ninja Zansurus Komplize geworden. Umgekehrt hatte Zansuru kaum Ahnung von der Welt der Ninja.

»Wie grausam. Sasuke lässt Menou allein gegen das erwachsene Tier kämpfen. Oder ist er zu schwach, um Menou zu helfen?«, grinste Zansuru.

»Nein ... Das erwachsene Tier wird es schwer haben«, sagte Jiji.

Zansuru zog die Augenbrauen verwundert zusammen.

Neben dem muskulösen erwachsenen Tier wirkte Menou sehr zierlich. Der Kampf zwischen zwei Artgenossen mit so unterschiedlichen Körpermaßen schien bereits von vornherein entschieden zu sein. Aber ...

Menou drückte das erwachsene Tier brüllend zurück.

»Was ...?!«, staunte Zansuru.

Der Tyrannosaurus fiel um, von Menous Kraft überwältigt.

Vor den Augen des überraschten Zansuru biss Menou mit weit aufgerissenem Maul in den Bauch des Tyrannosaurus. Das große Tier drehte und wand sich, um Menou abzuschütteln, aber Menous scharfe Fangzähne steckten tief im Fleisch des ausgewachsenen Sauriers und ließen nicht locker.

»Das kann nicht sein ... Menou hat die Oberhand ...?«

»Wenn man die Kuchiyose-Kunst anwendet, verleiht man dem Tier, das man herbeigerufen hat, sein eigenes Chakra«, erklärte Jiji nüchtern. »Menou hat mit Sasuke einen Vertrag geschlossen und bekommt von ihm sein Chakra. Da ist es klar, dass er stärker als andere Drachenviecher ist. Die Kuchiyose-Kunst dient nicht nur dem Anwender der Kunst, sondern auch dem Tier. Es ist nicht so, dass einer nur immer dem anderen hilft. Der Anwender der Kunst erhält Unterstützung vom Tier, und das Tier bekommt vom Anwender sein Chakra und wird stärker. ... Und Sasuke ist offenbar sehr stark. Alle Drachenviecher müssten zusammen gegen die beiden kämpfen.«

»Das hättest du früher sagen sollen«, Zansuru starrte Jiji genervt an.

Plötzlich ertönte aus Richtung des Instituts ein Schrei: »Ich pack's!«, dann folgte ein Krachen, als ob etwas zusammenstürzte: Die Mauer auf der Westseite, die nur noch eben so gestanden hatte, fiel donnernd in sich zusammen. Es gab nun kein Gemäuer mehr, das das Gelände umgab.

»Offensichtlich ist da noch eine Ratte. Überlass mir alles Weitere hier und geh du nach drüben.«

»Okay. Diesmal beseitige ich sie endlich.«

Jiji blickte in den Himmel. Ein Pteranodon flog sofort herbei und holte ihn ab. Sie flogen hinter Sakura her, die durch die Trümmer der Mauer gestürmt war.

»Ich hätte nicht gedacht, dass mein eigenes Haustier mich verraten würde«, murmelte Zansuru verbittert und starrte Menou wütend an.

Das kleine Drachenviech kniff seine gelben Augen abweisend zusammen und erwiderte das Starren seines ehemaligen Herrchens. Von den Fangzähnen des Tieres tropfte Blut, hinter ihm stand der Gefangene Nr. 487, Sasuke.

»Du wirst es gleich bereuen … dass du dein Herrchen ausgewechselt hast.«

Zansuru erhob still seine rechte Hand, und der Gesichtsausdruck der Drachenviecher änderte sich auf einen Schlag.

Der Tyrannosaurus erhob brüllend seine Vorderbeine; die Pteranodonten flogen enge Kreise, legten ihre Flügel an und schossen herbei; auch die Ornithomimus, die eben noch die Leichen der Gefangenen gefleddert hatten, stürmten los. Sämtliche Drachenviecher stürzten sich auf Menou und Sasuke.

KAPITEL 8

Sasuke wollte wenn möglich, alle Drachenviecher auf einen Schlag erledigen. Sein genialer Plan war, entweder mit Susanoo oder mit Chidori den Kampf zu entscheiden. Aber … als Menou sich vor ihm aufbaute, als wolle er ihn beschützen, überlegte er es sich anders.

»Menou, du schlägst den Größten. Ich übernehme den Rest.«

Menou hob wie als Antwort zu Sasukes Befehl, voller stolz seinen Schwanz.

Sasuke fasste Menou unter dem Rumpf, gab ihm mit den Augen ein Zeichen und warf ihn dem Titanosaurus entgegen. Nebenbei unternahm Sasuke einen Blitzangriff durch Raiton gegen die Pteranodonten, die im Sturzflug herabflogen. Die getroffenen Pteranodonten verloren das Bewusstsein und fielen einer nach dem anderen zu Boden. Die übrigen, die seinem Angriff entgangen waren, stürzten desorientiert weiter herab und stießen direkt auf die Ornithomimus. Die scharfen Krallen der Pteranodonten bohrten sich tief in die Körper der Ornithomimus, die wütend mit den Füßen aufstampften und vor Schmerz tobten.

Unterdessen hatte Menou sich in der Schwanzspitze des Titanosaurus festgebissen. Nun ging er wie ein Seiltänzer weiter den Schwanz hinauf und kam Zansuru immer näher.

»Hey! Lass nicht zu, dass Menou zu mir kommt!«, schrie Zansuru, aber der Titanosaurus konnte nicht sehen, was auf seinem Rücken geschah. Ohnehin hätten weder sein Hals noch sein Schwanz Menou erreichen können.

»Pteranodonten! Helft mir, schnell!«

Ein Pteranodon schoss heran, schnappte Zansuru im letzten Moment am Nacken und flog mit ihm in die Höhe – Menous Angriff verfehlte Zansuru und seine Krallen rissen den Rücken des Titanosaurus auf.

Der Titanosaurus heulte und schüttelte sich heftig, um Menou loszuwerden. Menou konnte sich nicht halten und landete auf dem Boden. Er rannte in die Richtung, die Sasuke ihm mit den Augen gewiesen hatte. Der Titanosaurus lief ihm hinterher mit Schritten, die mehr als zehn Mal länger waren als Menous.

Zansuru atmete heftig und schob seine Brille hoch, die ihm die Nase heruntergerutscht war.

»Ich hätte nie gedacht, dass Menou mir mal Schwierigkeiten bereiten würde.«

Es ärgerte ihn unendlich, dass das Wesen, von dem er glaubte, es unter Kontrolle zu haben, ihm die Zähne gezeigt hatte.

Nur wegen diesem neuen Herrchen …

Er schaute nach unten, wo Nr. 487, Sasuke, seinen wertvollen Streitkräften immer mehr Verluste zufügte.

Zansuru schnalzte mit der Zunge und schrie den Pteranodonten, die um sie herumflogen, laut zu: »Trödelt nicht! Ich habe euch doch gesagt, ihr sollt Sasuke töten!«

Rings um Sasuke kämpften die Drachenviecher in einem großen Durcheinander. Sasuke war unverletzt, wich geschickt allen Angriffen aus und ließ die Drachenviecher aufeinander losgehen.

Die Pteranodonten stürzten sich auf Sasuke. Sie konnten sich Zansurus Befehlen nicht widersetzen, obwohl sie ahnten, dass Sasuke nur davon profitierte, wenn immer mehr Gegner zum Chaos beitrugen. Noch bevor sie Sasuke erreichten, fielen sie durch Sasukes Blitzschlag herab.

»Du solltest die Drachenviecher nicht so unüberlegt einsetzen«, provozierte Sasuke seinen Gegner, während er die herabfallenden Pteranodonten mit Futon abfing. »Vergiss nicht, dass nur Jiji diese Wiederbelebungskunst beherrscht und nicht du.«

»Sei still …«, Zornesadern traten an Zansurus Stirn hervor.

Auf Sasukes Anweisung hin lockte Menou den Titanosaurus die Felsen hinunter. Der kleine Tyrannosaurus kletterte den Steilhang hinab, indem er geschickt von einem Felsen zum anderen sprang. Der Titanosaurus hinter ihm war längst nicht so flink wie Menou. Er lief wackelnd hinter Menou her, wobei er alle Felsen zertrümmerte, auf die er trat.

Sasuke sprang vom Kopf des ausgewachsenen Tyrannosaurus wie von einem Sprungbrett hoch hinauf und sah, dass Menou schon fast den See erreicht hatte.

»Durchtrenne seine Achillessehne!«, rief er Menou laut zu.

Auf Sasukes Kommando hin wechselte Menou die Richtung. Er drang unter den Bauch des Titanosaurus vor, lief weiter bis zu dessen Schwanzansatz und schlug seine Zähne tief in das einem Baumstamm ähnelnde Hinterbein – und noch bevor der riesige Titanosaurus sich drehen konnte, hatte Menou dessen Sehnen am Fußgelenk mitsamt den Knochen durchbissen.

Der Titanosaurus sank vor Schmerzen auf die Knie. Er verlor das Gleichgewicht, kippte seitwärts um und stürzte mit dem Kopf voran in den See.

Eine enorme Menge Wasser spritzte hoch bis in die Wolken.

»Dieser Nichtsnutz! Komm schnell aus dem See raus!«

Der statische Auftrieb ermöglichte es dem Titanosaurus, sich wieder aufzurichten. Aber der Boden des Sees war schlammig wie ein Sumpf. Er hielt dem Gewicht des Riesentiers nicht stand und verschluckte dessen Beine. Ohne festen Grund konnte der Titanosaurus aber seine Beine nicht aus dem Schlamm herausziehen. Er blieb im See stecken. Nur sein Kopf ragte knapp über das Wasser.

»Verdammt! Seine Riesengröße schadet nur ihm selbst …«, Zansuru fluchte und gab dem Pteranodon, das ihn im Schnabel hielt, einen Befehl: »He! Flieg nach dort unten und zieh ihn aus dem Wasser!«

Zansuru ahnte nicht, dass er mit diesem Befehl sein eigenes Todesurteil gesprochen hatte.

Die Drachenviecher konnten nicht mehreren Befehlen von jemandem folgen, der nicht selbst Anwender der Kunst war. Zansurus neuer Befehl »nach unten fliegen und den Titanosaurus herausziehen« überschrieb den letzten Befehl, den dieses Tier erhalten hatte. Also öffnete das Pteranodon seinen Schnabel, ließ seine Last fallen, um es leichter zu haben, und flog geradewegs dem Titanosaurus entgegen.

»Uaaaah!!«

Zansuru prallte mit großer Geschindigkeit auf den Boden. Was danach von ihm übrig war, blieb völlig verdreht liegen. Sasuke schnalzte mit der Zunge, stieg die Felsen hinab und fand die Leiche im Sand; Zansuru war kaum mehr zu erkennen.

Seine Unwissenheit über die Wiederbelebungskunst war Zansuru zum Verhängnis geworden.

Das Pteranodon am Himmel über Sasuke schrie einmal kurz auf und drehte in Richtung des Instituts ab. Zansurus Tod hatte seine Befehle gelöscht. Einzelne Drachenviecher begannen nun wieder, andere Gefangene zu jagen.

»Menou, schnell zurück zum Institut.«

In diesem Moment kam ein Falke herabgeflogen, als hätte er nur abgewartet, dass die Drachenviecher von Sasuke abließen. Es war der Falke, den Sasuke und Sakura für die Korrespondenz mit Kakashi benutzten. Am Bein trug er einen festgebundenen Brief.

»Ausgerechnet jetzt kommt eine Nachricht ...«

Sasuke öffnete den Brief hektisch. In vertrauter Handschrift stand dort, der Putsch sei mit Kakashis Unterstützung gelungen, der Premierminister sei festgenommen worden und zusammen mit dem neuen König Nanara auf dem Weg in die Hauptstadt. Offensichtlich war Kakashi entspannt, nachdem alles so ausgegangen war, wie er es sich erhofft hatte. Ein paar ungezwungene Zeilen über Nanara und seine Begleiterin hatte er dem Schreiben noch hinzugefügt.

Die Sache in Nagare ist also erledigt.

Sasuke steckte den Brief hastig in seine Tasche und eilte zum Institut.

Sakura wehrte die herbeistürmenden Drachenviecher eins nach dem anderen ab und gewann Zeit für die Gefangenen, um sich in Sicherheit zu bringen.

Sie packte ein Pteranodon, das sich auf sie stürzte, an seinem Hinterbein und warf es über ihre Schulter auf den Boden. Zwei Häftlinge eilten heran und setzten sich rittlings darauf – es waren Ganno und Penjira.

Die beiden hielten Feldhacken in ihren Händen und schlugen damit von hinten auf die Knie des Pteranodons.

»Gyaa!«

Das Pteranodon strampelte und bäumte sich auf, konnte sich aber nicht erheben, da die Knochen in seinen Knien zertrümmert waren. Die zerschmetterten Gelenke zogen jedoch sofort den Staub an und begannen, sich zu regenerieren. Um die Heilung zu verlangsamen, schlugen Ganno und Penjira wie verrückt weiter mit ihren Hacken zu.

»Verdammt! Werd nicht heil! Werd nie heil!«

»Jetzt reichts!« – hätte Sakura beinah gesagt, schluckte es aber wieder herunter. Alle, sowohl die Menschen als auch die Drachenviecher, kämpften voller Verzweiflung. Die wieder aufgelebten Drachenviecher konnten den Gefangenen nur als gewaltige Monster erscheinen. Aber auch sie waren zum Kämpfen gezwungen. Besonders die Ornithomimus und Pachycephalosaurus. Sie waren eigentlich Pflanzenfresser und hatten kein Bedürfnis, andere Lebewesen anzugreifen. Trotzdem konnten sie sich dem Befehl des Anwenders der Wiederbelebungskunst, alle Gefangenen zu ermorden, nicht widersetzen.

»Ha!«

Mit einem Kampfschrei fing Sakura ein weiteres Pteranodon ab, das sich mit Hochgeschwindigkeit aus dem Himmel auf sie gestürzt hatte.

Auch die Pteranodonten waren nicht zum Kämpfen gemacht. Ihr Körper war aufs Fliegen eingerichtet und daher extrem leicht. Trotz einer Spannweite von mehr als zehn Metern betrug ihr Körpergewicht nur knapp zehn Kilogramm. Ihre einzige Waffe war ihr scharfer, spitzer Schnabel. Aber sobald sie ein paar Mal auf Schädel von Gefangenen eingehackt hatten, war ihre Schnabelspitze eingedrückt und nicht mehr zu gebrauchen. Dennoch war kein Rückzug erlaubt. Und sterben durften sie auch nicht. Die armen Seelen, die durch Edotensei wieder ins Hier und Jetzt der stofflichen Welt gezwungen worden waren, mussten den Befehlen des Anwenders dieser Kunst bedingungslos gehorchen.

Das Pteranodon und Sakura rangen eine kurze Weile miteinander, dann wich das Pteranodon zurück. Es öffnete seine Flügel und wollte hinauf in den Himmel fliegen. Aber die Gefangenen, die sich um das Tier herumgeschart hatten, fingen es ein und zogen es zu Boden zurück.

Das Pteranodon hackte verzweifelt nach den Köpfen der Gefangenen, aber keiner ließ es los, egal wie viele Wunden sie davontrugen.

Die Federkiele des Tieres, die sich aus den Zehennägeln der Vorderfüße entwickelt hatten, waren fragil wie trockene Zweige. Sie brachen sofort, als die Federn festgehalten wurden. Das Tier schrie gellend, aber dann versperrte der im Gerangel zerquetschte Halsknochen seine Atemwege und es schnappte nur noch mit einem heiseren Krächzen nach Luft.

Der Staub der Wiederbelebungskunst bedeckte sogleich wieder die Wunden des Pteranodons, die auf der Stelle anfingen zu heilen. Die Gefangenen schlugen wie rasend mit Steinen auf das Pteranodon ein, damit es nicht wieder auf die Beine kam. Für beide Seiten war dieser Kampf eine Tortur, die nie enden würde, solange die Wiederbelebungskunst nicht aufgelöst werden konnte.

Ich muss Jiji finden und die Drachenviecher schnell befreien …

Plötzlich war ihr schwindlig. Sakura sank auf die Knie, spürte aber einen Feind hinter sich und wich sofort zur Seite aus. Ein Kunai, welches flüchtig ihr kirschblütenfarbenes Haar gestreift hatte, steckte tief in der Erde.

»Jiji …!«

Sakura drehte sich ruckartig um und sprang auf. Sie hob einen Trümmerbrocken hoch, der so groß war wie sie selbst, und schleuderte ihn Jiji entgegen. Jiji zog sein Schwert, zerschlug den Brocken mit einem Streich in tausend Stücke – und fand hinter den zu Boden fallenden Trümmerteilen nichts als Leere vor.

Sie ist also abgehauen …

Jiji schnaubte spöttisch.

Aber das bringt doch nichts.

Ein am Himmel kreisendes Pteranodon fand Sakura, die den Steilhang hinablief, und teilte es Jiji mit.

Jiji bemerkte, dass Sakura sich nicht sehr schnell bewegte. Er hatte zwar keine Ahnung, wie sie sich aus dem zusammenstürzenden Institut hatte retten können, aber offensichtlich waren die Folgen ihrer Vergiftung noch nicht ganz abgeklungen.

Jiji rannte hinterher, schloss ein Fingerzeichen und stieß seine Hand in den Boden.

»Doton, Doryuheki!«

Der Boden hob sich. Ein Wall aus Erde versperrte Sakura den Weg, und sie konnte nicht weiter. Jiji holte sie ein und trieb sie vor dem Wall in die Enge. Sakura starrte ihn entschlossen an.

»Was willst du erreichen?«

Sie hörte in der Ferne einen Schrei, der sowohl von einem Menschen als auch von einem Drachenviech stammen konnte.

»Du quälst sowohl Drachenviecher als auch Menschen … Was hast du davon?!«

»Ich möchte Ihnen nicht gerne zum zweiten Mal den Gnadenstoß geben …«

Das meinte Jiji wirklich ernst. Trotz allem hatte er gehofft, Sakura und Sasuke würden überleben. Aber jetzt blieb ihm keine andere Wahl, als sie zu töten.

Ich hab Sasuke ja gesagt, er soll seine Frau nicht allein lassen.

Sakura wich noch etwas zurück und stieß mit dem Rücken gegen den Erdwall.

Jiji näherte sich Sakura langsam, Schritt für Schritt.

Peng!

Er hörte ein Geräusch, als wäre etwas zerplatzt, und plötzlich konnte er sich nicht mehr bewegen.

»?!«

Als ihm in den Sinn kam, was passiert war, war es zu spät. Er war völlig unbeweglich, nicht einmal umdrehen konnte er sich.

Kekkai, eine Barrikade. Und zwar von der Sorte, die man als Falle benutzt.

Der Wind wehte die staubige Erde zu Jijis Füßen auf und eine Karte, in der eine Beschwörungsformel eingeprägt war, kam zum Vorschein. Ein knallroter Chakra-Faden wurde langsam sichtbar, der sich mit Jijis Körper fest verbunden hatte.

Anscheinend war die Kunst so eingerichtet worden, dass sie sich in Gang setzte, sobald die Zielperson auf die Karte trat. Es war Jiji nun klar, dass Sakura ihn an diesen Platz gelockt hatte, indem sie so tat, als fliehe sie.

»Verdammt ...!«

Jiji ließ ein Kunai aus dem Ärmel gleiten, das den Chakra-Faden traf. Aber der Faden leitete nur das Chakra aus ihm heraus und ließ sich nicht zerschneiden. An seinem Handgelenk bemerkte er ein Mal in Form einer Kirschblüte.

»Wann ... hast du mir ... dieses Mal eingeprägt ...?«

»Das habe ich dir zur Sicherheit eingeprägt, als du neulich zur Untersuchung bei mir warst«, sagte Sakura ruhig. »Ich bin Ärztin. Ich erkenne es sofort, wenn jemand sein Chakra handhabt.«

Jiji wollte mit aller Gewalt entkommen, erkannte aber schnell, dass er keine Chance hatte – aus eigener Kraft konnte er sich nicht befreien. Er versuchte, sich selbst zu beruhigen.

Noch nicht ... Ich habe noch nicht verloren. Sobald Zansuru herkommt, kann ich mich befreien. Oder kann ich Sakura die Kunst auflösen lassen? Wenn ich im Tausch die Wiederbelebungskunst auflöse?

Jiji überlegte fieberhaft, wie er noch siegen könnte, als er plötzlich wahrnahm, wie sich ungeheures, mordlüsternes Chakra näherte. Es schauderte ihn.

Das beispiellose Chakra nahm Jiji den letzten Rest einer Siegeschance. Auf einen Schlag verlor er seine ganze Energie.

»Jiji, du hast also die Wiederbelebungskunst angewandt«, hörte er eine tiefe Stimme hinter sich.

Der, der da mit Menou an der Seite aufgetaucht war, war sein Zellengenosse Sasuke – und eine derartige Mordlust hatte Jiji bis zu diesem Moment nie bei Sasuke für möglich gehalten.

Sasuke griff mit seiner Hand in Jijis Jackentasche und holte sich das Gefäß mit den Zenit-Partikeln zurück. Danach tastete er noch die Innentasche ab und fand eine gelbe Flüssigkeit in einer Plastiktüte.

»Damit hast du also Sakura und mich vergiftet.«

Sasuke versuchte seine Wut zu unterdrücken, setzte seine Sharingan in Gang und stellte sich Jiji gegenüber. Jiji verschlug es den Atem, als er Sasukes Augen sah.

»Diese Augen ... Du bist ein Uchiha. Kein Wunder, dass Zansuru nicht gegen dich ankommen konnte. Na ja, auch ich habe keine Chance«, murmelte er kraftlos und schaute von selbst in Sasukes rote Pupillen.

»Du willst mich mit der Genjutsu belegen, oder? Okay, mach, was du willst. Lass mich träumen und nie mehr aufwachen.«

»Du wirst es nicht leicht haben. Du sollst für deine

Fehler büßen. Aber bevor ich dich mit der Genjutsu belege, habe ich noch eine Frage.«

Sasuke zog fürs Erste seine Sharingan zurück und fuhr leise fort: »Was war dein Ziel? Zansurus Ziel war es, die wieder aufgelebten Drachenviecher als Kriegswaffen einzusetzen. Aber du bist nicht der Typ dafür.«

»Was meinst du mit ›der Typ dafür‹?«

»Du bist nicht der Typ, der für sein Land alles opfert, nicht wahr?«

»Oje«, lachte Jiji kraftlos. »Das glaubst du nur. Vielleicht teile ich ja Zansurus Überzeugungen.«

»Warum hast du dann Penjira gerettet?«

Jiji schaute Sasuke fragend an.

»Als Penjira beinah von Menou angegriffen wurde. Wenn ihr eh alle Gefangenen töten wolltet, warum hast du ihn damals nicht im Stich gelassen? Entweder hattest du mit Penjira Mitleid oder du wolltest Menou nicht als Mordwaffe benutzen, nicht wahr?«

»... Weder noch. Menou habe ich ja genau für diesen Zweck wieder aufleben lassen, und mit jemandem, der nichts weiter als ein Zellengenosse ist, kann ich doch kein Mitleid haben. Tatsächlich habe ich gerade vorhin Ganno im Stich gelassen, als er beinah getötet wurde.«

»Aber ...«, Sasuke schaute Jiji direkt an, »... ich habe gesehen, wie dein Körper sich bewegt hat. Menschen tun manchmal etwas, was sie selbst überrascht. Unbewusste

Emotionen lassen einen manchmal überraschend reagieren.«

Sasuke erinnerte sich noch gut daran, wie er sich vor langer Zeit unwillkürlich auf seinen besten Freund gestürzt hatte, um diesen vor Hakus Kunst der Tausend Wasserflüge zu decken. Damals wusste er überhaupt nicht, warum er es getan hatte, aber jetzt war es ihm klar. Obschon sie immer wieder getrennte Wege gegangen waren, war Naruto schon damals sein bester Freund gewesen – jenseits von Vernunft und Logik.

Sasuke glaubte zwar nicht, dass Jiji für Menou, Ganno oder Penjira das Gleiche empfand wie er für Naruto, aber wenigstens hatte Jiji gewisse Gefühle.

»Zansuru ist tot. Wir überlassen deine Strafe dem Land Redaku und kehren zurück in unser Land. Aber erzähl uns vorher, warum du das getan hast.«

»Weshalb?«

»Wir können diese Geschichte erst hinter uns lassen, wenn wir das wissen.«

Neben Sasuke ragte Menous Hals hervor und sein Kopf neigte sich ein wenig, als er Jiji anstarrte.

Jiji schaute nacheinander Menou und Sasuke an und lächelte auf einmal.

»Der Plan ist sowieso schiefgegangen«, murmelte er matt und begann langsam zu erzählen.

»Ich bin ein Abtrünniger aus Sunagakure. Der Premierminister von Redaku hat mich in die Hauptstadt eingeladen. Damals, als der letzte König noch lebte. Der Premierminister plante, eine Privatarmee aus Abtrünnigen ins Leben zu rufen. Und er hat mich als Ninjutsu-Trainer angestellt. Der Premierminister hatte einer Kammerzofe aufgetragen, sich während meines Aufenthalts im Königspalast um mich zu kümmern. Ich habe mich in sie verliebt. Ich wollte mit ihr für immer im Land Redaku leben, statt an dem Krieg teilzunehmen.«

»Das hat der Premierminister mitbekommen, richtig?«, fragte Sakura.

Jiji nickte: »Wahrscheinlich hat jemand uns zusammen gesehen. Der Premierminister hat es jedenfalls schnell mitbekommen. Aber er war verständnisvoll und hat mir gesagt, dass ich die Privatarmee verlassen dürfe, wenn ich mit ihr zusammenbleiben wolle.«

»Um den Preis der Zusammenarbeit mit Zansuru, ja?«

»Genau. Zansuru arbeitete damals noch im Königspalast als Archäologe. Er hatte im Archiv ein Schriftstück über die Kunst, die Toten wiederzubeleben, gefunden und schaffte es, das Dokument zu entziffern. Aber er konnte damit nichts anfangen, weil er kein Chakra benutzen konnte. Darum hat man mich als Anwender der Wiederbelebungskunst ausgewählt. Wenn ich ein Jahr lang in diesem Institut mit Zansuru arbeiten würde, könnte ich danach so leben, wie ich wollte – das war unsere Abmachung. Ich habe meiner Freundin gesagt, dass ich zu einem Dienst in einer entfernten Region abberufen wurde, und ihr versprochen, sie in einem Jahr in der Hauptstadt wiederzusehen. Aber … noch bevor das Jahr vergangen war, ist sie gestorben.«

Jiji schaute mit müdem Gesicht zu Boden und fuhr fort: »Ich habe einen Fehler begangen. Ich hätte mich nicht von ihr trennen sollen, da sie mir doch so viel bedeutete. Ich hätte sie nicht allein lassen sollen. Sasuke … ich habe dir gesagt, dass du deine Frau nicht allein lassen sollst. Das habe ich wirklich ernst gemeint. Menschen können jederzeit sterben.«

Menou schnurrte. Jiji sah zu dem lauschenden Tier, als könne es ihn verstehen, und senkte wieder den Blick.

»Mir wurde zuerst aufgetragen, Menou wieder aufleben zu lassen; er sollte die Gefangenen bewachen. Das echte Ziel habe ich dann erst an jenem Tag erfahren, als ich vom Tod meiner Freundin gehört hatte. Natürlich wollte ich Menou nicht als Waffe benutzen … Aber Zansuru und der Premierminister haben mir einen neuen Handel angeboten.«

»Ein neuen Handel?«

»Sie haben angeboten, mir den Leichnam meiner Freundin zu übergeben, wenn ich ihnen beim Wiederaufleben der Drachenviecher helfe. Wenn man den

Leichnam übergeben bekommt, ist das ja eine Art Wiedersehen mit der Verstorbenen, oder?«

»Mit der Wiederbelebungskunst ... wolltest du sie wiederbeleben.«

Jiji sah in Sakuras strenges Gesicht und lächelte spöttisch.

»Machen Sie bitte nicht so ein Gesicht. Mir tut das weh. Ich wollte sie unbedingt noch einmal sehen. Und sei es durch eine verbotene Kunst ... Sasuke, was hättest du getan an meiner Stelle? Du hättest das Gleiche getan, oder?!«

»...«

Sasuke zog es vor zu schweigen. Er konnte nicht sagen, dass er so etwas niemals tun würde. Er erinnerte sich daran, wie er Itachi wiedergesehen hatte, der durch Edotensei wiederbelebt worden war. Es bedeutete Sasuke unendlich viel, dass er sich ein paar Minuten lang mit seinem großen Bruder hatte unterhalten können und so dessen wahre Geschichte erfahren hatte – und sei es durch eine verbotene Kunst.

Wenn Sakura sterben sollte ... ich weiß nicht, was ich dann tun würde. ... Es könnte schon sein, dass ich mich wie Jiji verhalten würde.

»Vielleicht ...«, antwortete Sakura anstelle von Sasuke, »... würde auch ich zugreifen, wenn Sasuke von uns gehen und jemand mir die Edotensei anbieten würde ... bloß um ihn noch einmal zu sehen.«

»Also verstehen Sie mi...«

»Aber ...«, unterbrach Sakura Jiji und fuhr fort: »... wir sind nicht allein. Unsere Kameraden würden mich sicher davon abhalten. Aus dem gleichen Grund halten auch wir dich ab. Außerdem – durch die Wiederbelebungskunst mit Gewalt wiederbelebt werden ... Ich glaube nicht, dass sie das möchte, deine Freundin, Margo.«

»Margo?«

Sasuke hob den Blick.

Margo? So heißt Jijis Freundin?

Kakashis Brief, den er vorhin erhalten hatte, steckte zerknittert in seiner Tasche. Sasuke entfaltete den Brief und las ihn noch mal Zeile für Zeile.

»... Jiji, du bist seit mehr als einem Jahr hier, oder? Woher weißt du, dass Margo gestorben ist?«

»Ich habe einen Totenschein bekommen. Da stand, sie sei während einer Epidemie gestorben. Der Premierminister persönlich hatte ihn ausgestellt.«

»Der Premierminister ist ein Intrigant.«

Sasuke zeigte Jiji den Brief von Kakashi.

»Das ist ein Brief von unserem Kameraden. Er hat geschrieben, der neue König Nanara, der die Diktatur beseitigt hat, habe sich entschlossen, die ehemalige Königin und den besiegten Premierminister in die Hauptstadt zu bringen. Eine Frau namens Margo, die den neuen König begleite, sei eine sehr zuverlässige Person und kenne alle Interna, da sie früher als Kammerzofe im Königspalast gearbeitet habe.«

»… Wie?«

»Diese Informationen stammen von einem vertrauenswürdigen Menschen.«

Jiji las eine Zeile nach der anderen und zitterte immer mehr; sein Blick wurde zunehmend verschwommen.

Jiji begriff es nicht sofort. Erst, als er es zum zweiten und zum dritten Mal las, begannen seine Tränen langsam zu fließen.

Zansuru hat mich einfach nur angelogen. Er hat behauptet, dass Margo gestorben wäre, um mich nach seinem Willen lenken zu können. So was Hinterhältiges hätte man von ihm erwarten müssen. Warum habe ich seine Lügen nicht durchschaut?

Tränen flossen über Jijis Wangen. Plötzlich hörte man, wie ein Ast zerbrach.

Knacks!

Bestürzt hob Jiji seinen Blick. Hinter Sakura näherte sich nahezu geräuschlos der Tyrannosaurus. Als das Tier Jijis Blick bemerkte, duckte es sich tief und holte mit einem kräftigen Tritt auf den Boden Schwung.

»Doktorin!«

Jiji schloss überstürzt Fingerzeichen: Ratte, Büffel, Affe, Tiger, Wildschwein, Drache – die Fingerzeichen, um die Wiederbelebungskunst aufzulösen. Aber noch bevor Jiji das Schließen der Fingerzeichen beenden konnte, hatte Sakura dem Riesenviech bereits einen Aufwärtshaken mit voller Wucht unters Kinn verpasst.

Gyaa!

Den Tyrannosaurus warf es leicht in die Höhe, dann ging er zu Boden. Er rappelte sich sofort wieder auf, aber die harte, krustige Haut an der Schnauze begann … abzublättern. Die gelöste Haut des mächtigen Tieres verwandelte sich in Sandstaub und stieg hinauf in den Himmel, ohne mit dem Wind zu verfliegen.

Jiji hatte das Fingerzeichen zum Auflösen geschlossen, die Drachenviecher wurden von der Wiederbelebungskunst befreit. Die Pteranodonten, die von den Gefangenen zu Boden gedrückt wurden, die Spinosaurier, die mit gebrochenen Beinen herumkrochen, der Titanosaurus, der verzweifelt versuchte, aus dem kalten Wasser herauszukommen. Die Drachenviecher, die über das Meer unzähliger Jahre hergerudert waren, waren endlich frei. Dem Würgegriff aus Macht- und Habgier entronnen, kehrten ihre Seelen langsam und ruhig zurück in den ewigen Schlaf, kehrten zurück ins Jenseits. Selbstverständlich auch die von Menou.

Menou schnurrte sanft, als ob ihm der Abschied schwerfiele. Immer wieder rieb er seinen leicht gekrümmten Kopf an Sasukes Seite, sein wedelnder Schwanz zerbröckelte und wirbelte hinauf.

»Endlich kannst du zurückkehren, Menou.«

Sasuke streichelte den kleinen Tyrannosaurus unter dem Kinn. Genüsslich schloss Menou seine Augen halb, schnaufte einmal und hielt sich mit seinen Armen an Sasukes Hüfte fest. Die Haut des Tiers wurde bereits weniger, die Adern schienen durch.

»Gute Nacht.«

Menous Krallen, Menous Gliedmaßen und Menous Rumpf zerfielen nacheinander zu Staub, der langsam emporstieg – zu einem Ort ohne Leid und ohne Kampf.

Sasuke spürte auf seinen Wangen kalte Flöckchen und wunderte sich, wie kalt der Staub der Wiederbelebungskunst sich anfühlte. Aber es war Schnee. Es begann zu schneien.

Feine Schneeflöckchen fielen leise vom Himmel, während der Sandstaub zum Himmel hinaufstieg. Blickte man hoch, erschien der Himmel wie ein schwarzer Seidenvorhang, auf dem Silber- und Goldstaub verstreut wurden. Sasukes Augen mit den Tomoe-Pupillen sahen sogar, wie ein hauchdünnes Kristallflöckchen im Mondschein in allen Farben des Regenbogens glänzte.

Der ausgewachsene Tyrannosaurus, der von Sakura einen Aufwärtshaken versetzt bekommen hatte, brüllte hartnäckig auf, wie um sich der Auflösung der Kunst zu widersetzen. Über die Hälfte seines Körpers war schon verschwunden, aber seinem Blick sah man an, dass er noch nicht vollkommen aufgegeben hatte. Er spannte seinen langen Schwanz, richtete sich mit allerletzter Kraft auf und …

Tapp!

Mit einem Bein holte er kraftvoll Schwung und griff Jiji an. Vielleicht wollte er sich dafür rächen, dass er gezwungen worden war, Jiji zu gehorchen. Oder er betrachtete Jiji rein aus Instinkt als Beute.

Jiji war unkonzentriert, seitdem er die Wiederbelebungskunst aufgelöst hatte. Er reagierte viel zu spät auf diesen Angriff.

Blut sprudelte hervor.

Die krummen Krallen gruben sich tief in Jijis Brust und steckten in seinem Hals.

»Jiji!«

Der Tyrannosaurus, der seine letzte Rache genommen hatte und vom Blut seines Opfers befleckt war, löste sich auf.

»Reiß dich zusammen!«

Sakura lief zu Jiji und löste den Chakra-Faden, der ihn gebunden hatte. Sasuke stützte Jiji, der nach hinten taumelte. Als Sakura ihre Hand nach der Wunde ausstreckte, um ihn zu behandeln, umklammerte Jiji Sakuras Hand mit seinen blutigen Fingern.

»Ich brauche … keine … Behandlung …«

»Doch!«

Sakura löste Jijis Finger und schickte ihr Chakra in seinen Körper.

»Du willst doch Margo wiedersehen, oder?! Du weißt doch jetzt, dass sie lebt …!«

»Aber ich hab … so viel Schlimmes … getan …«

Jiji Blick wurde immer dunkler.

»Ich kann sie … nicht … wiedersehen … Retten Sie die Anderen …«

Das Blut lief Jiji in die Atemwege, er konnte nicht einmal mehr husten und gab keinen Laut mehr von sich. Alles klang für ihn dumpf, so, als ob er unter Wasser wäre, und sein Körper wurde schwerer und schwerer.

Jiji schloss die Augen, er leistete keinen Widerstand. Es kam ihm lächerlich vor, dass er nun am Ende allein sterben musste.

Als mir gesagt wurde, dass Margo tot wäre, habe ich es so sehr bereut, sie allein gelassen zu haben. Ich dachte, sie wäre gestorben, weil ich nicht bei ihr war und sie nicht beschützt habe. … Aber das war alles nur meine Einbildung.

In der Ferne hörte er Sakura und Sasuke nach ihm rufen.

Ich beneide euch schrecklich. Wenn ich so stark wie ihr gewesen wäre, hätte ich das alles bestimmt nicht getan. Wenn ich doch bloß dem unsichtbaren Band unserer Liebe mehr vertraut hätte … auch wenn sie nicht in meiner Nähe war …

auch wenn es schwierig war … Aber jetzt ist es für Reue zu spät …

In der Tiefe seines schwindenden Bewusstseins hörte er Margo nach ihm rufen.

EPILOG

Nanara stellte einen Strauß Blauer Mohnblumen vor das Kenotaph und faltete andächtig seine Hände.

In den glatt geschliffenen Granit waren die Namen von zweiundsechzig verstorbenen Gefangenen eingraviert. Menschen, die ein Jahr zuvor einem Verbrechen zum Opfer gefallen waren.

Vom einstigen Institut für Astronomie war nichts mehr zu erkennen. Das Gebäude war mitsamt seinen antiken Schriftstücken und wertvollen Geräten zusammengebrochen, die Trümmer lagen noch unberührt herum.

Nach dem Gebet schaute Nanara sich nach seinen beiden Gefolgsleuten um.

»Wie sieht der Terminplan meiner Schwester aus?«, wollte Nanara wissen.

»Sie dürfte die Inspektion im Norden beendet haben und trifft voraussichtlich morgen hier ein«, antwortete die Gefolgsfrau mit dem kastanienbraunen Haar – Margo.

»Gut«, nickte Nanara. »Die Hauptstadt und Nagare

haben mich bisher so sehr beschäftigt, da habe ich noch gar nicht an den Wiederaufbau des Instituts gedacht, obwohl Astronomie für unser Land so wichtig ist. Aber wir müssen auch dafür sorgen, dass die Fossilien ordentlich gesammelt werden. Würde sich meine Schwester wohl ärgern, wenn ich ihr sagen würde, ich wolle auch ein Forschungsinstitut für ausgestorbene Pflanzen und Tiere bauen?«

»Sie könnte sich durchaus ärgern: Wo willst du das Geld dafür hernehmen? Du musst dir ganz genau überlegen, wofür wir das Steuergeld benutzen wollen!«

Margo hatte Manari treffend nachgeahmt. Der Gefolgsmann neben ihr lachte aus vollem Hals. Margo grinste und fuhr fort: »Aber das nehmen wir gerne in Kauf und schlagen es trotzdem vor!«

»Ja, das machen wir, Margo!«, nickte Nanara munter und lief zu seinem Pferd, das er unter einem Baum hatte ausruhen lassen. Er setzte den Fuß in den Steigbügel, stieg auf und schaute sich nach den beiden Gefolgsleuten um. Die Frau, Margo, hatte ihn die ganze Zeit unterstützt. Und der Mann war ein vorbildlicher Häftling, der zu lebenslanger Haft verurteilt worden war, dem Nanara aber ausnahmsweise Freigang gewährt hatte, um sich diese Gegend zeigen zu lassen.

»Jetzt möchte ich den See sehen! Kommt schnell, Margo! Jiji!«

Im beliebten Café der traditionellen Konditorei Tami in der Altstadt von Konohagakure saß Sakura mit Ino an einem Tisch auf der sonnigen Terrasse.

Die beiden hatten viel zu tun, beruflich und privat. Aber wenigstens ein paar Mal im Monat verabredeten sie sich und tranken zusammen Tee. Sie hatten sich immer was zu erzählen oder zu fragen, über ihre Familie, ihren Alltag, ihre Arbeit.

»Neulich habe ich Inojins Haare mit dem Lockenstab frisiert.«

»Äh? Inojin war nicht begeistert, oder?«

»Natürlich nicht. Es ging nur mit Gewalt. Aber seine Haare sind extrem glatt, genau wie die von Sai. Die Locken haben echt nicht lange gehalten.«

»Hhhm. Aber wenn er morgens nicht mit zerzausten Haaren aufwacht, ist das doch gar nicht schlecht. Ach ja, Temari hat mir erzählt, Shikamaru hat fürchterlich zerzauste Haare morgens!«

»Ja, ich weiß, ich weiß! Ist mir bei einigen Diensten schon aufgefallen. Wie ein kleines Stachelschwein! Irgendwie niedlich!«

Entspannt kicherten sie über dies und das, probierten eine neue Sorte Crêpe mit dreifarbigen Klößchen und süßer Bohnenpaste und beobachteten die vorbeilaufenden Leute.

»Ah, da ist Sasuke«, bemerkte Ino.

Vielleicht war er auf dem Rückweg vom Hokage-Büro. Er ging ganz normal, ohne etwas Besonderes bei sich zu tragen, fiel aber trotzdem überall auf, wegen seines schönen Gesichts, wegen seiner guten Haltung, wegen seiner eleganten Figur. Sie schauten seinem geraden Rücken nach, dann warf sich Sakura plötzlich mit dem Gesicht auf den Tisch und stöhnte auf.

»Sasuke sieht einfach sooooo gut aus …«

»Hä? Was sagst du denn da?«

Ino schaute Sakura erstaunt an.

»Sasuke sieht wirklich gut aus, genauso wie früher. Aber wie lange bist du denn jetzt mit ihm verheiratet? Du wunderst dich immer noch darüber?«

»Ja …«

»Ihr seid doch bis gestern zusammen auf einer langwierigen Mission gewesen.«

»Während einer Mission bin ich auf die Arbeit konzentriert und habe keine Zeit, Sasuke anzuschauen … Aber jetzt, wo wir zurück sind, fühle ich mich irgendwie wie frisch verliebt oder so was …«

»Okay, okay, verstehe! Alles klar!«, sagte Ino amüsiert und rückte grinsend näher, wobei sie den mit Schokoladensoße dekorierten Crêpe mit dem Messer schnitt.

»Apropos, du trägst doch eigentlich nie Schmuck. Woher hast du den Ring?«

»Ach der …«

Sakura schaute auf ihren Ringfinger. Sie sah den kleinen roten Edelstein an und lächelte. Ino lächelte auch, als sie Sakuras beglückte Miene sah.

Der Ring mochte vielleicht kein Geschenk im üblichen Sinne sein. Aber für Sakura war er ein Schatz.

In dem Ring, den Sasuke aus den Doton-Elementen erzeugt hatte, steckte sein Chakra. Es war dem Fingerring zu verdanken, dass Sasuke Sakura hatte finden können, als sie sich unter den Trümmern nicht hatte regen können. Sasuke hatte herausfinden können, wo Sakura steckte, indem er die winzige Menge seines Chakras im Ring mit seinen Sharingan aufgespürt hatte.

Dieser Ring hatte Sakuras Leben gerettet.

Aber ... bei der Arbeit stört er mich leider ...

Auf dem Heimweg streifte Sakura den Ring ab und steckte ihn lächelnd in ihre Tasche.

Vielleicht trage ich ihn wieder, wenn ich alt bin und nicht mehr arbeite ... Bis dahin bewahre ich ihn sorgfältig auf.

Sakura hatte sich entschieden und streichelte sanft den Ring in ihrer Tasche.

Wird sich Sasuke im Alter noch an diesen Ring erinnern?

Das Abendessen an diesem Tag hatte Sarada gemacht. Mit Einkaufstüten beladen war sie nach Hause gekommen und hatte noch in der Tür angekündigt, sie werde heute alles allein zubereiten.

In der Zeit, in der Sarada bei Iruka gewohnt hatte, hatte sie anscheinend eine große Leidenschaft fürs Kochen entwickelt.

»Ich habe mit Meister Iruka verschiedene Gerichte zubereitet und kann jetzt viel besser kochen!«, meinte sie.

Auf dem Esstisch der Familie Uchiha standen so viele Speisen, wie sie sie zu dritt kaum aufessen konnten.

Das Hauptgericht war gebratenes Rindfleisch mit Tomaten auf Sukiyaki-Art. Beilagen waren gekochtes Wurzelgemüse, ein Salat aus Tomaten und Sojapulpe, gedünsteter Brokkoli, Omelett und gegrillter Makrelenhecht. Auf dem in einzelnen kleinen Schalen schön angehäuften Reis mit Bonitoflocken lag ein kleines gekochtes Kürbisstückchen in dicker Soße mit Hühnerhackfleisch.

Ein Menü mit verschiedensten Häppchen zum Probieren, Sarada hatte sich mächtig ins Zeug gelegt.

»Großartig, Sarada! Du hast dir so viel Mühe gegeben! Und mit so viel Lieblingsgemüse für Papa!«

»Hm, na ja … zufällig. Das war im Angebot.«

Allerdings lagen auf Sasukes Teller viel zu viele Tomaten, um das einen Zufall zu nennen.

Nach langer Zeit saß die ganze Familie Uchiha wieder zusammen am Tisch. Da Sasuke stillschweigend aß, ohne die Speisen zu kommentieren, stupste Sakura unter dem Tisch leicht an sein Fußgelenk.

»Hm?«, Sasuke hob den Blick und bemerkte Sakuras auffordernden Gesichtsausdruck. Er brauchte einen kleinen Moment, aber dann kam es ihm endlich in den Sinn: »Schmeckt gut«, lobte er kurz.

»Hä? Wirklich, Papa?«

»Ja. ... Schmeckt gut. Sehr gut.«

Sasuke war wortkarg wie immer. Aber Sarada hatte wohl verstanden, was ihr Vater meinte. Denn sie sah glücklich aus, als sie sagte, sie hoffe, dass das wirklich stimme und er ihr nicht nur eine Freude machen wolle oder so.

Nach einer Weile klingelte es an der Tür.

»Ah, ich mach auf.«

Sakura bremste Sasuke, der schon aufstehen wollte, und ging selbst zur Eingangstür.

Mit einem dicken Ordner unter dem Arm stand Shikamaru vor dem Haus.

»Tut mir leid, euch beim Abendessen zu stören.«

»Kein Problem. Was Eiliges, oder?«

»Ja. ... Sarada klingt fröhlich«, sagte Shikamaru, wobei er einen Blick in den Flur warf.

»Nicht nur Sarada, auch Sasuke ist fröhlich. Wir sind ja nach langer Zeit endlich wieder zusammen.«

»Ein fröhlicher Sasuke ...«, murmelte Shikamaru und machte ein komisches Gesicht. Dann streckte er den Ordner Sakura entgegen.

»Ein Zwischenbericht über die Zenit-Partikel von der Akademie der Wissenschaften. Bitte.«

»Danke.«

Sakura nahm den Ordner.

Sie hatten Zansurus Plan vereitelt, aber einiges war noch unklar geblieben. Was der Satz »Wir haben einen Stern mehr« im Buch Himmelsbild zu bedeuten hatte, warum das Konoha-Zeichen darunter gezeichnet war, was »der Stern, der kreist und sich nicht entfernt«, bedeutete, und wie Zansuru mit seinen künstlichen Augen hatte sehen können – das alles hatte vielleicht nichts mit Rikudo Sen'nins Krankheit zu tun, aber sie wollten jede noch so kleine Information sammeln, solange sie nicht genau wussten, was sie alles brauchten.

»Wie geht's Naruto?«, fragte Sakura.

Shikamaru schüttelte den Kopf: »Nicht gut. Ich sage ihm immer wieder, dass er sich Ruhe gönnen soll, aber er kommt jeden Tag ins Hokage-Büro. Und wenn ich ihm Arbeit abnehme, findet er immer neue Arbeit.«

»Vielleicht tut ihm die Arbeit gut, als Ablenkung. Nur durch Ruhe geht's ihm wahrscheinlich nicht besser.«

»Ja, wahrscheinlich.«

Shikamaru warf immer wieder einen Blick in den Flur, während sie sich unterhielten. Er machte sich Sorgen, ob Sarada nicht vielleicht etwas mitbekam.

Die Kinder nicht beunruhigen, niemandem außerhalb des Dorfes etwas verraten. Das waren die Bedingungen, die Naruto gestellt hatte, als er endlich bereit gewesen war, dass Shikamaru und andere ihm halfen.

»Ich habe die Akademie der Wissenschaften gebeten, die weiteren Analysen schnell zu erledigen«, sagte Shikamaru und seufzte tief. »Wenn es so weitergeht, kann Naruto sein Leben lang kein Chakra mehr benutzen … Das dürfen wir nicht zulassen.«

Weitere Klagen sparte Shikamaru sich. Diese Angelegenheit war viel zu mühsam, da wollte er nicht auch noch groß jammern – das hätte nur noch mehr Energie gekostet.

BUCH DES STRAHLENDEN LICHTS

Masashi Kishimoto & Takashi Yano
NARUTO ITACHI SHINDEN – BUCH DES STRAHLENDEN LICHTS (NIPPON NOVEL)
Taschenbuch
162 Seiten
ISBN 978-3-551-76358-7

ITACHI UCHIHA IST ERST VIER, als sich die Hölle des Krieges in sein Gedächtnis brennt. Seitdem ist er fest entschlossen, alles Kriegsgeschehen aus der Welt zu verbannen. Die Geburt seines Bruders, die Begegnung mit Shisui, der Besuch der Ninja-Akademie sowie seine Zeit als Ge-Nin, Chu-Nin und schließlich Elite-Ninja der Anbu bilden die Eckpfeiler seines jungen Lebens. Sein Traum, erster Hokage des Uchiha-Clans zu werden, rückt näher und Itachi beschreitet den Weg des Ruhms. Er ahnt nicht, dass am Ende die Dunkelheit auf ihn wartet.

Die erste Nippon Novel der NARUTO SHINDEN-Reihe

BUCH DER FINSTEREN NACHT

Masashi Kishimoto & Takashi Yano
NARUTO ITACHI SHINDEN – BUCH DER FINSTEREN NACHT (NIPPON NOVEL)
Taschenbuch
194 Seiten
ISBN 978-3-551-76359-4

UM EIN ELITE-NINJA DER SPEZIALEINHEIT ANBU zu werden, steht Itachi eine schwere Mission bevor: Er muss einen Spion töten. Gemeinsam mit seinem Freund Shisui geht Itachi diese Aufgabe an, während der Konflikt zwischen den Uchiha und dem Dorf weiter schwelt. Inmitten der sich verhärtenden Fronten fasst Itachi einen Entschluss und begibt sich auf den Weg in die Finsternis. In ihr verbirgt sich die Wahrheit, die Antwort auf seinen innigsten Wunsch – mit ihrem zugleich anziehenden wie grausamen Gesicht.

Die zweite Nippon Novel der NARUTO SHINDEN-Reihe

BUCH DES SONNENAUFGANGS

Masashi Kishimoto & Shin Towada
NARUTO ITACHI SHINDEN – BUCH DES SONNEN-AUFGANGS (NIPPON NOVEL)
Taschenbuch
162 Seiten
ISBN 978-3-551-76360-0

KAGUYA OTSUTSUKI IST VERSIEGELT und mit den Jahren heilen die Wunden des vierten Ninja-Weltkriegs. Dennoch bleiben Fragen offen... Um Antworten zu finden und die Schuld für seine Untaten zu sühnen, verlässt Sasuke das Dorf Konoha und geht auf Reisen. Der einstige Rächer muss erleben, wie eine brutale Bande Unglück über die Menschen bringt; gleichzeitig geraten die Dörfer Konohagakure, Kirigakure und Kumogakure in eine Krise – steht beides in einem Zusammenhang miteinander?

Die dritte Nippon Novel der NARUTO SHINDEN-Reihe